野いちご文庫

恋する僕らのひみつ。

白いゆき

スターツ出版株式会社

誰にでも、きっと。
ヒミツのひとつやふたつ、あるだろう。
自分を守るためのヒミツ。
誰かを傷つけないためのヒミツ。
誰かの幸せを守るためのヒミツ。
ヒミツにも、さまざまな理由がある。
そして、この悲しいヒミツの中にも、愛があふれていた——。

contents

第三章

第四章

恋する僕らのひみつ。

characters

Sou Asagiri

朝霧《あさぎり》 湊《そう》

バスケ部で人気のイケメンだが女嫌い。女と思っていない幼なじみの結雨とは話をする。父親とふたり暮らし。

Yuu Ishiki

一色《いしき》 結雨《ゆう》

少し天然の入った美少女。高校2年生。湊とはマンションの隣同士で幼なじみ。母親とふたり暮らし。

Koto Uranaka

浦中《うらなか》 琥都《こと》

落ち着いた雰囲気でクール。昔は悪かったことも…。奈乃と付き合っている。

Kai Ougihara

扇原《おうぎはら》 快《かい》

明るく人なつっこいムードメーカー。過去に好きだった忘れられない人がいる。

Nano Ezaki

絵崎《えざき》 奈乃《なの》

おっとりした癒し系の女の子で、結雨の親友。過去にいじめられた経験が…。

プロローグ

この恋が、最後の恋だと信じていた。
このままずっと手を繋《つな》いで、君のそばにいたい。
もしもこの世界に、赤い糸が存在するのなら。
どうか、君と繋がっていてほしい。
星の見えない夜空の下で泣いていたあの日。
君の腕の中で、心から願った——。

★

第一章

高校二年生。

終わっていく恋、はじまるヒミツの関係。

悪魔な幼なじみと同居

あたし、一色結雨《いしきゆう》には、同じマンションに住んでいる幼なじみがいる。

うちが六〇一号室で、隣の六〇二号室に住んでいるのが、幼なじみの朝霧湊《あさぎりそう》。

小学生のときに、お父さんを病気で亡くしたあたしは、お母さんとふたり暮らし。

幼いころに両親が離婚した湊は、お父さんとふたりで暮らしている。

隣に住んでいることもあり、昔から家族ぐるみの付き合いだった。

平凡だったはずの日常に、突然訪れた出来事。

それは、高校二年生になる前の、春休み初日のことだった——。

「あ、結雨に話すの忘れてたわ。今日から湊くん、うちで暮らすことになったから」

夕方、仕事から帰ってきたお母さんが、サラッとすごいことを口にした。

「い、今なんて言った⁉」

「湊くんのお父さんね、仕事でシンガポールに長期出張なのよ」

「待って。おじさん、どれくらいで日本に帰ってくるの？」

「一年後ですって」

「一年っ⁉」

驚くあたしを見て、お母さんは満面の笑みを見せる。

「だから一年間、うちで湊くん預かるから」

「いや、いやいやいや……ちょっと待ってよ」

動揺するあたしは、必死に自分を落ちつかせる。

「隣に住んでるのに、わざわざうちで一緒に暮らさなくてもよくない？」

「部屋もあるし、一緒に暮らしたっていいじゃない。湊くんのこと小さいころから知ってるのに冷たいわねぇ」

そういう問題ではない。

なんだか頭が痛くなってきた。

「湊くんがうちで暮らしたら、何か困ることでもあるの？」

「そりゃあるでしょーよ」

湊と同じ高校に通っているのに、ヘンな噂《うわさ》でも流されたら？

それに、あたしには彼氏だっている。

彼氏の二階堂《にかいどう》先輩に、湊と一緒に暮らしているのがバレたら？

困る、最悪だ。

「うちで暮らせば、湊くんのお父さんも安心して仕事に専念できるでしょ？」

「それは、そうかもしんないけど……」

すでにお母さんと湊のお父さんで話し合って、決めていたのだろう。

一言くらい、あたしに相談してくれてもいいのに。

あの悪魔がうちにやってくるなんて、これからどうなるの？

「おじゃまします」

玄関のドアが開いたのと同時に、湊の声が聞こえた。

バスケ部の湊は、部活のあとに、そのままうちへ来たようだ。

「湊くん。おかえりなさい」

キッチンから顔を出したお母さんは、湊のところにパタパタと走っていく。

「おばさん、お世話になります」

「何よぉ、水くさいわね。自分の家だと思って気楽に過ごしてね」

「ありがと、おばさん」

「湊くんの部屋、ここだからね」

湊が使う部屋は、お父さんの部屋だった場所。

今はもう、ほとんど物は置いていない。

湊が床に布団《ふとん》を敷いて寝るには、十分な広さだ。

お母さんが夕飯の準備をしにキッチンへ戻ると、あたしは湊のいる部屋に向かった。

「湊？」

「ん？」

湊は部屋の床に座って、スマホをいじっていた。

「湊は平気なの？」

「何が？」

「うちで一緒に暮らすことよ」

「だって俺、料理とかできねぇもん。世話になったほうがラク」

あたしは、大きなため息をついた。

「湊、約束して？」

「なんだよ？」

「あたしたちが一緒に住むこと、二階堂先輩にはぜーったい言わないでね」

「あぁ」

「てか、誰にも言わないでよ？」

「言わねぇよ。言ったところで俺になんの得があんだよ」

湊はスマホをポケットに入れて、立ち上がる。

「どこ行くの？」

湊は自分の髪を触りながら、ジロッとあたしを睨《にら》む。

「いちいちうるせーなー。シャワー浴びんだよ」

あたしをその場に残したまま、湊は部屋を出ていった。

「ホント、何様なのよ。お風呂《ふろ》から出てきたら、黒い髪ボッサボサにしてやるっ」

こうして、高校二年生になる前の春休み初日。

湊がうちで一年間、暮らすことになった。

この同居が、後々になって大きな問題に発展するとは……。

このときのあたしは、まだ気づいていない。

新しいクラス

ミルクティー色の髪は、ふんわりとさせたボブ。

制服は、紺色のブレザー、青いリボン、チェックのスカート。

春休みも終わり、今日から高校二年生になる。

クラス替えの結果、あたしは二年三組。

「また結雨と同じクラスかよ」

校舎の廊下を歩いていると、隣で湊がボソッとつぶやいた。

「ずいぶん嫌そうに言ってるけど、あたしだってべつに湊と同じクラスで喜んじゃいないからね？」

あたしの言葉を無視した湊は、ひとりで先に歩いていってしまう。

「ちょっと！　教室同じなんだから一緒に行こぉよ」

湊を追いかけて教室に入ると、生徒たちは出席番号順で席に座っていた。

始業式の前に配られた、新二年生のクラスと出席番号順に書かれた名前のプリント用紙を見て、あたしは廊下側の前から二番目の席につく。

あたしの前の席には、出席番号一番の湊が座った。

すると、教室に話しながら入ってきたのは、ふたりの男の子と、ひとりの女の子。

仲のよさそうな三人組が、あたしたちの前で立ち止まった。

「あ、校内一のイケメンと美少女～」

その三人組のひとりの男の子が、ニコッと笑ってあたしたちを指さした。

その言葉で、一瞬にして思いだされる悪夢。

それは、高校一年生のときの文化祭だった――。

全校生徒による投票で、校内一のイケメンと校内一の美少女を決めるイベントがあり、なぜか湊とあたしが選ばれてしまったのだ。

その結果、体育館の壇上にまで上がらされたあたしたちは、それぞれ王冠とティアラまで頭に載せられ、全校生徒の前で恥ずかしい思いをさせられた。

「その呼び方、ホントにやめて……」

あたしが苦笑いで言うと、その男の子は、くしゃっとした笑顔を見せる。

「ごめんっ。文化祭のときの印象が強くってさ。一色結雨と朝霧湊だろ？」

あのイベントのせいで、湊とあたしは全校生徒に名前と顔が知れ渡ってしまった。

「俺は扇原快《おうぎはらかい》。よろしくっ」

扇原くんは背が高くて、一八〇センチ近くはありそう。

短めの黒髪で、明るい雰囲気の男の子だ。

扇原くんの横にいる、もうひとりの男の子は、キリッとした表情で少し落ちついた雰囲気の男の子。

「こいつは、浦中琥都《うらなかこと》」

扇原くんが指を差すと、浦中くんは軽く頭を下げた。

「よろしくな」

浦中くんは前髪を斜めに流した、ストレートでサラサラな茶色の短髪。

左耳には、ピアスが二つ。

二重で切れ長の目に、黒ブチのメガネをかけている。

「えっと、絵崎奈乃《えざきなの》です」

そうかわいらしい声で言った彼女は、背が小さくて、癒《いや》し系な雰囲気の女の子。

アッシュブラウンの色の髪は、ゆるく巻いていて、長さは胸下まである。

彼女の隣にいた浦中くんは、柔らかな笑顔を見せると、絵崎さんの肩を抱き寄せた。

「ふたりは付き合ってるの？」

あたしが尋ねると、浦中くんと絵崎さんは笑顔でうなずいた。

「へぇ～。なんかラブラブ～」

ふたりは、照れた様子で笑っていた。

出席番号三番の浦中くんは、あたしのうしろの席に座り、四番の絵崎さんは、浦中くんのうしろの席、五番の扇原くんは、廊下側のいちばんうしろの席に座った。

「はいはいはーい、どーもー」

明るい声で教室に入ってきたのは、どうやら担任の男の先生。

異様に元気な上に、なんだか若い。

新任の先生みたいだ。

「席についたかー？　では、二年三組の担任を受け持つことになった……」

先生は黒板に自分の名前を書いた。

【久保寺《くぼでら》　暁《あき》】

「えー、先生のことは〝くぼっち〟と呼んでもかまいません」

いきなり自分をあだ名で呼べという斬新《ざんしん》な先生に、教室内はクスクスと笑いが起こる。

「教科は体育。それから年齢はピチピチの二四歳」

先生の明るい口調と時折冗談も混ざり、クラスの雰囲気も一気に和やかになった。

先生は、教卓の上の出席簿を手に取る。

「じゃあ、出席とるぞ。一番、朝霧湊」

湊は、机に突っ伏したままで返事をしない。

「朝霧湊？　返事しないと欠席にするぞ？」

先生が湊の席の前に立つと、湊はゆっくりと体を起こして机に頬杖《ほおづえ》をつく。

「……はい」

眠そうな声で湊が返事をすると、先生はニコッと笑った。

「はい、朝霧湊は欠席っと」

「返事しただろーが」

「あら？　聞こえなかったけど？」

「……うっざ。イテッ」

あたしは、うしろから湊の頭をパシッと叩《たた》いた。

「ちゃんと返事しなさいよ……ったく、もぉ」

「うるせーな」

睨み合う湊とあたしを見ていた先生は、どこか楽しそう。

「二番、一色結雨」

「はぁーいっ」

あたしは右手を挙げて、元気よく返事をした。

「結雨は、湊と仲良しなんだな。もしかしてふたりは……」

イスから勢いよく立ち上がったあたしは、先生の言葉を遮って言った。

「ただの幼なじみですっ！」
「いや、まだ何も言ってないけど……へぇ、ふたりは幼なじみかぁ。いいな、幼なじみがいるってさ」
先生の言葉に、湊はプイッとそっぽを向いた。
その後、五番まで出席をとった先生は、いきなり笑いだす。
「あはは、これマジか。みんな、プリントの名簿見てみ？」
先生の言うとおり、机の上のプリント用紙を見つめる。
《二年三組》
一番・朝霧湊
二番・一色結雨
三番・浦中琥都
四番・絵崎奈乃
五番・扇原快
先生は、出席簿を見つめたまま、ボソッとつぶやく。
「名前……そう、ゆう、こと、なの、かい……そうゆうことなのかーい！」
先生は笑いながら、湊の席の前でしゃがみ込む。
「そうゆうことなのかい……だってさ。これ嘘《うそ》だろ？　笑い止まんね、あははっ」

ひとりで笑っている先生に、心底呆《あき》れた様子で湊はつぶやく。

「知らねぇよ。くっだらねぇ」

「おまえら五人の名前覚えやすいわ、助かるー」

「それでも教師かよ」

「そうゆうことなのかーい！　あ～めっちゃ廊下で叫びたい」

先生なのに、なんだか同級生の男の子を見ているような気がする。

雑談を挟みながら出席をとり終えた先生は、教卓の前に立った。

「真面目な話、一コだけするぞ。みんなが卒業するとき、これだけは全力で頑張ったって言えるものが、ひとつだけでもあればいいなと先生は思う」

先生は、いきいきとした表情で、みんなの顔を見つめる。

「そのつもりで！　とにかく、楽しい思い出を一緒にたくさん作ろうなっ」

太陽のような明るい笑顔を見せる先生。

先生のおかげで、新しいクラスにもすぐに馴染《なじ》めそうだ。

優しい彼氏

二年生になって、一週間がたった。

担任がクラスのみんなを下の名前で呼ぶため、クラスメートたちも自然と下の名前で呼び合うようになっていた。

午後の授業が終わり、下校時刻のチャイムが鳴る。

すると、あたしの前の席に座っている湊が振り向いた。

「結雨、今日の晩ご飯て何？」

「ちょっ……！」

あたしは、慌てて湊の口を手で押さえて塞《ふさ》ぐ。

「ちょっと！　誰かに聞かれたらどーすんのよっ！」

同居してることがバレちゃうじゃん！

湊は、あたしの手を退けた。

「おまえの声のほうが一〇〇倍でかいけどな」

「だ、誰にも聞かれてないよね？」

あたしはキョロキョロとまわりを見る。

「湊、結雨、じゃーなーっ」

うしろから聞こえた声に、体がビクッとなる。

振り返ると、快が笑顔で手を振っていた。

「あ、バイバーイ」

今の、快に聞かれてないよね？

「湊くん、結雨ちゃん、また明日ね」

奈乃は琥都と手を繋いで、あたしたちの横を通りすぎていく。

「あはっ、また明日ね～」

あたしは、奈乃たちに笑顔で手を振った。

そして、みんなの姿が見えなくなったあと、目を細めて湊を見る。

「はぁー。ホントに気をつけてよね？　湊のバカっ」

「だから何度も言うけど、おまえの声のほうが一〇〇倍でけぇから」

そのとき、教室の入り口に彼の姿が見えた。

あたしの一コ上の彼氏、バスケ部の二階堂理央《りお》くん。

「結雨」

「二階堂先輩っ」

先輩はニコッと笑うと、あたしの席のほうに歩いてくる。

オレンジ色の髪から、いつもいい匂《にお》いがする先輩。

湊は、ガタッと大きな音を立てて席から立ち上がると、部活のエナメルバッグを持つ。

「あ、部活頑張ってね、湊」

あたしの言葉を無視した湊は、教室を出ていってしまった。

「湊ってば……感じワルっ」

いくら二階堂先輩のことが嫌いだからって、あんな態度するなんて信じられない。バスケ部の先輩と後輩なのに……。

「朝霧は、俺のことが嫌いみたいだね」

湊の席に座った二階堂先輩は、あたしのほうを向いて微笑《ほほえ》む。

「ホントにごめんなさいっ。湊は後輩なのに、あんな態度で……。湊の幼なじみとして、あたしが代わりに謝ります」

「結雨が謝ることないよ。俺は朝霧みたいな生意気なヤツ、嫌いじゃないし」

「先輩って、ホントに優しいですよね」

二階堂先輩とは、バスケ部の試合で湊を応援しに行ったときに話すようになった。

それから校内でも会えば話すようになって、今から約二ヶ月前のバレンタインの日に、二階堂先輩から告白されて、付き合いはじめた。

二階堂先輩が、ジッとあたしの瞳《ひとみ》を見つめる。

恥ずかしくなったあたしは、視線をそらしてうつむいた。

二階堂先輩の手が伸びてきて、あたしの頬にそっと触れる。

ドキドキしすぎて、今にも心臓が破裂しそう。

「せ、先輩は部活に行かなくていいんですか？」

「行くよ？　部活前に結雨の顔が見たくて来ただけ」

優しく微笑む先輩に、あたしの頬は熱を帯びていく。

「結雨って、本当にかわいいよな。なんでそんなかわいいの？」

そんなふうに甘い言葉を言われるたび、あたしはうれしくて倒れそうになる。

「そろそろ部活行かなきゃな」

そう言って先輩は、イスから立ち上がった。

なんでだろう。

一緒にいると胸がドキドキして大変なのに、先輩が行ってしまうと思うと、途端に寂しくなる。

もう少し一緒にいたいって、わがままな気持ちになる……。

「結雨、ついてきて」

「えっ？」

先輩に腕を掴《つか》まれて、あたしは教室から連れだされた。

そして、先輩はあたしを廊下の奥にある誰もいない生徒会室に連れていくと、ドアを閉めた。

「先輩……？」

ドアの前で、先輩はあたしを抱きしめる。

この胸の大きな音が、どうか先輩に聞こえませんように……。

そのとき、先輩のブレザーから、スマホが振動する音が聞こえてくる。

鳴りやまない音。

「先輩、電話に出なくていいんですか？」

「うん。結雨といるのに、誰にも邪魔されたくないから」

先輩はいつも優しい。

あたしを大事にしてくれている。

「結雨」

先輩は、そっとあたしの体を離すと、まっすぐにあたしの瞳を見つめる。

「好きだよ」

先輩の顔がゆっくりと近づいてくる。

先輩のことが好き。
だから大丈夫。
そう頭では思っているのに、どうしてあたしは……。
昼が重なる前に、あたしは顔をそらしてしまう。
やっぱり、できない。
先輩のことが好きなのに、キスができない。
「……ごめんなさい」
先輩から顔を背けたまま、あたしは小さな声で謝った。
「ホントにごめんなさい……」
先輩の瞳を見ることができない。
「俺こそごめん。前にちゃんと待つって言ったのに……」
前にも一度、先輩があたしにキスしようとしたことがあった。
だけど、付き合ったばかりで、キスなんてまだ心の準備もできていなかった。
でも、そのときも先輩は、優しく言ってくれた。
『結雨がキスしたいって思えるまで、待つよ』
ファーストキス、未経験。
生まれてからまだ一度もキスをしたことがないあたしは、先輩とキスをする勇気がまだ出ない。

先輩となら大丈夫って、そう思うのに。

「先輩のこと、大好きなのに……」

そうつぶやいた瞬間、先輩はあたしのことをぎゅっと抱きしめた。

「俺も結雨が好きだよ。だから我慢できなかった。ごめん」

「先輩……」

「ゆっくりでいいから。ごめんな」

あたしを抱きしめながら、先輩はあたしの頭を優しく撫《な》でた。

顔をそらすなんて、先輩を傷つけたかもしれない。

それでも優しい言葉で、あたしを抱きしめてくれる先輩。

そんな先輩が、大好き。


その日の夜遅く。

家のリビングのソファに座って、あたしはスマホでケータイ小説を読んでいた。

「おまえ好きだねー、ケータイ小説」

湊がやってきて、あたしの隣に座った。

「あたしの師匠がいっぱいいるの」

「は？　師匠？」

あたしが今まで読んだケータイ小説の主人公たちは、みんなキスを経験している。

ファーストキス未経験のあたしにとっては、師匠だ。

「なんでもない。こっちの話」

あたしがケータイ小説の続きを読みはじめると、湊がいきなりあたしの耳元に顔を近づけてきた。

湊の髪から、ふわっといい匂いがする。

「な、何……？」

あたしは驚いて動けなくなっていると、耳元で湊の鼻をすする音が聞こえた。

「湊？　なんであたしの匂い嗅いでんの？」

「部活中に、おまえと俺から同じ匂いがするって、アイツに言われたの思いだしたから」

「えっ⁉　アイツって……二階堂先輩にそんなこと言われたの⁉」

湊は真顔で、コクリとうなずく。

「そ、それで？　湊はなんて答えたの？」

「べつに。黙ってたけど」

「ちょっと！」

「言い訳するほうが怪しいだろーが」

一緒に住んでいると、シャンプーや洗濯物の柔軟剤もすべて一緒の匂いになる。

「一緒に住んでることバレてないよね？」

「さぁな」

「なっ！　先輩に誤解されたらどうすんのよぉ。バカバカバカッ」

両手をグーにして湊の胸を叩いていると、湊は両手であたしの顔をガシッと掴んだ。

目の前に湊の顔があって驚いたあたしは、胸を叩くのをやめた。

息が触れるくらいの近さで、見つめ合うあたしたち。

こんなに近くで湊の瞳を見たのは、初めてかもしれない。

なんでだろう……視線をそらせない。

「クソ重い、どけ」

いつのまにかあたしは、湊の体の上に乗っかっていた。

「あ、ごめん……ぎゃっ」

慌てて離れようとしたあたしは、ドサッと床に落ちた。

「いったーい」

床に倒れたまま顔を上げたあたしは、湊の憎たらしい顔を見つめる。

「あー、うま」

湊はあたしを心配する様子もなく、テーブルの上にあったお菓子を食べていた。

「……悪魔」

「あ？」

「なんでもない。どうしてこんなヤツがモテるんだか」

昨年の文化祭で校内一のイケメンに選ばれただけではない。

中学のころも、高校に入学してからも、数えきれないほど女の子に告白されている。

「彼女、いつまで作らないつもりなの？」

「べつに。女なんていらねぇし」

湊は、こんなにモテるのに、今まで誰とも付き合ったことがない。

なぜなら、湊は女嫌いだから。

「好きな女の子とキスしたいとか思わないの？」

「はぁ？」

「まぁ、あたしもまだキスしたことないんだけどさ……」

「え？　おまえ、アイツとまだしてねぇの？」

思わず口にしてしまった言葉に、恥ずかしくなったあたしは口元を両手で押さえる。

「ふっ……」

「なに笑ってんのよ」

「いや、べつに」

湊の女嫌いには、理由がある。

そして、ひとつ言えるのは、あたしを女だと思っていない。

湊がこの先、女嫌いを克服して、誰かを好きになる日が来るのか。

湊にいつかちゃんと、彼女ができるのか。

あたしは、ほんの少し心配している。

二階堂先輩のヒミツ

あたしは先輩の何を知っていたのだろう。

今までちっとも気づかなかった。

この日、先輩の隠していたヒミツを知ることになる——。


ある日の昼休み。

あたしは校舎の一階にある自動販売機で缶ジュースを買っていると、廊下の向こうに二階堂先輩のうしろ姿を見つける。

「せ……っ」

大きな声で先輩を呼び止めようとしたけど、先輩はスマホを耳にあてて誰かと電話をしているように見えた。

あたしは声をかけるのをやめて、先輩のあとを追いかけていく。

先輩が向かっている先は、どうやら廊下のつきあたりにある保健室。

保健室の前につくと、先輩はスマホを耳から離し、扉を開けて中に入っていく。

もしかして、どこか具合でも悪いのだろうか。

心配になったあたしは、先輩のあとを追って静かに保健室に入る。

だけど、そこにいるはずの先輩の姿はなかった。

あたしは、誰もいない保健室の中をキョロキョロと見まわす。

——ギシッ。

その音が聞こえてきたのは、白いカーテンが引かれた向こう側、ベッドが置いてある場所。

白いカーテンの向こうには、人影が見える。

「ふふっ……くすぐったいよぉ」

女子の小さな声が聞こえたと同時に、嫌な予感がした。

まさか……ね。

「あんま声出すなよ」

二階堂先輩の声に、あたしの心臓はドクンと大きな音を立てる。

あたしは、ゆっくりと足音を立てないようにカーテンのほうへ近づいていく。

まさか違うよね？

そんなはずないよね？

あたしはカーテンの隙間《すきま》から、そっと向こう側の様子を覗《のぞ》いた。

あたしの目に飛び込んできた光景。

ベッドの上に座っているふたりは、抱き合ってキスをしていた。

嘘……でしょ……？

キスをしながら、ふたりはベッドの上に倒れ込む。

「……っ」

あたしは震える手でカーテンを掴み、勢いよくカーテンを開けた。

「ゆ、結雨……」

どこか焦ったような、二階堂先輩の表情。

相手の女子は、制服が乱れている。

名前は知らないけど、顔は知っている……女子バスケ部の先輩だ。

「二階堂先輩……どぉして……？」

声が震える。

涙があふれてきて、あたしはすぐにその場を立ち去った。

「結雨っ」

うしろから聞こえた二階堂先輩の声を無視して、保健室を出ていく。

二階堂先輩が……ほかの女の子とキスをしていた。

先輩は、あたしの彼氏なのに……。

涙が止まらなくて、胸が苦しくて張り裂けそう。

「結雨っ」

泣きながら廊下を歩いていると、うしろから追いかけてきた二階堂先輩に腕を掴まれた。

「結雨、ごめん」

ごめんて、何に謝ってるの？

浮気したこと？

それとも、もう先輩はあたしを好きじゃないってこと？

もしかして……本気じゃなかった？

あたしのこと、遊びだったの？

「ううっ……っく……」

先輩は、泣いているあたしを抱きしめた。

なんで、そんなに強く抱きしめるの？

「……先輩……あたしのこと嫌いになったんですか……？」

「好きだよ」

そんな簡単に、優しい声で好きだなんて言わないで。

「じゃあ……どぉして……？　なんでこんな……」

あたしのことが好きなら、どうしてほかの女の子とあんなことするの?

「ごめん、さっきのは……」

「……離してください」

「結雨」

優しい声で、あたしの名前を呼ばないで。

「離してっ」

あたしは、先輩の体を突き放した。

先輩の大きな手が、泣いてるあたしの頬に触れる。

「結雨、ごめん」

あたしはその手を振り払った。

「ほかの女の子に触れた手で、触らないでっ」

傷ついたのはあたしなのに。

傷つけたのは先輩なのに。

どうして先輩が傷ついたような顔するの?

「……結雨に俺を責める資格あんの?」

どういう意味?

先輩はあたしの瞳をまっすぐに見つめる。

「ホントに俺のこと好き？」

どうしてそんなこと聞くの？

先輩のこと、好きに決まってるじゃない。

「俺のこと、ホントに好きだった？」

そう言って先輩が顔を近づけてきた瞬間、あたしは顔を背けた。

「ほら……また」

先輩は冷ややかな低い声で言った。

「これで何回目？」

もしかして……付き合ってから一度もキスをしなかったから？

「だから先輩は……ほかの女の子とキスしたの……？」

先輩が浮気したのは、あたしのせいなの？

あの言葉は、嘘だったの？

あたしがキスしたいって思えるまで、待つって言ってくれたのも。

ゆっくりでいいよって言ってくれたのも。

「好きなら、普通キスしたいって思うんだよ」

「先輩は……あの人のことが好きなんですね」

「違うよ」

「言ってることが、めちゃくちゃ……」

「俺が好きなのは、結雨だよ」

嘘つき……。

「俺は結雨だけだよ」

甘い言葉に、もう騙《だま》されない。

全部、嘘だったんだ。

今までの優しい言葉も全部、嘘だった。

あたしを騙して、いつからほかの女の子とキスしてたの？

いつから、あたしじゃない女の子を抱きしめていたの？

「もう先輩とは……無理です」

こんな形でこの恋が終わるなんて、想像もしていなかった。

「先輩と別れます」

先輩は、まっすぐにあたしの瞳を見つめる。

「……本当に終わりにすんの？」

先輩の言葉に、ズキンと胸の痛みを感じながらも、あたしは小さくうなずいた。

「結雨」

あたしが歩きだそうとしたら、先輩があたしの手を掴む。

「追いかけないよ？　俺」
先輩の手を振りほどいたあたしは、小さな声で言った。
「サヨナラ」
先輩をその場に残して、あたしは走っていく。
『追いかけないよ？　俺』
その言葉を聞いたとき……寂しかった。
だけど、追いかけられても、あたしは先輩を突っぱねることしかできない。
あたしは傷ついたんだ、すごく。
だから、先輩を信じることもできない。
「先輩が……あんな人だったなんて……」
優しい笑顔も。
頭を撫でてくれた大きな手も。
ドキドキさせる甘い言葉も。
あたしだけのものだと思っていた。
でも違った。
こんなにつらいなら、こんなに傷つくことになるなら。
先輩のこと……好きにならなきゃよかった。

校内一カップルの誕生

傷ついたあたしが見つけた、ひとつの答え。
他人には到底、理解しがたいと思う。
それでも、このときのあたしには、悲しみから抜けだすための精一杯の答えだった。

夜中の二時すぎ。
しんと静まり返った部屋であたしはひとり、ベッドの上で膝《ひざ》を抱えていた。
泣き疲れたのか、頭がボーッとする。
家に帰ってきてから湊に話を聞いてもらったけど、胸の苦しさは消えなかった。
思いだしたくないのに、保健室で見たあの光景が、何度もよみがえってくる。
悲しさとともに、だんだん腹が立ってきた。
今のあたしには、これくらいのことしか思いつかない。
バカだって思われてもいい。
誰にどう思われても、もうかまわない。

「決めた」

あたしは自分の部屋を出て、湊の寝ている部屋に向かった。

湊の部屋のドアをそっと開けると、暗い部屋の中で湊が眠っていた。

あたしは床に敷かれた布団の上、湊の隣に片ヒジをついて横になる。

暗い部屋の中でも、月明かりで湊の寝顔を見ることができた。

「こうしておとなしく寝てれば、かわいいのに」

あたしは、湊の寝顔をジッと見つめる。

あたしの声で起きたのか、ゆっくりと開く湊の瞼《まぶた》。

薄目でぼんやりとあたしの顔を見つめている。

「……うわぁっ」

湊は声を上げるとともに、目をパチッと大きく開けた。

あたしは口元の前で、人差し指を立てる。

「しーっ！　お母さんが起きちゃうでしょ？」

あたしが小声で言うと、湊は大きなため息をつく。

「なんだよ、結雨か。マジで幽霊かと思った」

「幽霊って、失礼な」

湊は起き上がって、眠たそうに頭をかきながら布団の上に座った。

「なんで、おまえが横に寝てんだよ」

あたしも布団の上に座り直し、湊と向かい合った。

「寝れねぇの？」

「湊……話があるの」

「なんだよ？」

あたしは、シーツをぎゅっと掴んでつぶやいた。

「あたしたち……付き合おっか」

「……は？」

「付き合って」

「はぁ？」

「だから、付き合ってって」

「……おまえ、とうとう頭イカれたか」

「付き合ってください」

あたしは頭を下げて、額を布団の上につける。

「病院に行くか？　夜中だけど」

あたしは顔を上げて、湊の瞳を見つめる。

「復讐《ふくしゅう》したいの……二階堂先輩に。絶対に復讐したい」

「怖すぎだろ」

「そんなに引かないでよ」

「夜中になに言ってんだ、おまえ。あんなヤツ別れてよかったじゃねーか」

あれだけ泣いたのに、また涙が込み上げてくる。

「だって……このまま終わりにするなんて悔しいんだもん」

あたしは口を尖《とが》らせて、うつむいた。

「悔しいって……そういう問題かよ？」

「先輩を後悔させて、見返してやりたいの。復讐したいのっ」

あたしの言葉を聞いて、呆れた様子の湊。

「復讐なんて、なんの意味があんだよ。アホ」

「恋をしたことがない湊には、女心なんてわかんないと思うけど……」

「悪かったな」

「失恋て、悲しくてつらくて、どうしようもないんだよ」

どうしたらいいか、わかんないくらい苦しいんだよ。

「あたしが立ち直るには、これしかないと思う」

「復讐？　意味わかんね。どうして俺がおまえと付き合わなきゃなんねぇんだよ」

「こんなこと、湊にしか頼めないもん」

「俺に、おまえの復讐に付き合えと？　おまえは俺をなんだと思ってんだ？」

「悪魔……じゃなくて、天使かな」

「復讐つったって、アイツと別れてすぐに俺と付き合ったら、ただの軽い女じゃん」

「ん……わかってる」

あたしは湊の左手を取り、両手でぎゅっと握りしめる。

「だからね、設定を考えたの」

「あ？　設定？」

「湊はあたしにベタボレで、先輩に浮気されて傷ついたあたしをほっとけなかったの。でね、あたしが湊を好きじゃなくてもかまわない、俺が幸せにするからって言って、湊が強引にあたしを彼女にしたっていう……この設定どう？」

「すげぇ早口だな。まず設定が長すぎで覚えらんねぇし」

「えーと、もう一度繰り返す？」

「つか、俺がおまえにベタボレとか、ふざけんなよ」

「最初の部分は覚えてるじゃん」

「衝撃的すぎてな」

あたしは湊の手を握ったまま、うつむいた。

「先輩があたしのこと本当に好きだったのか遊びだったのか……それはわかんないけ

ど、彼女だった子がほかの男の子に取られたら、先輩だっていい気はしないと思うの」

「それがおまえの復讐？　アホくさ。アイツがおまえのこと本気で好きなら、最初から浮気なんかするかよ」

湊の言葉が、胸にグサッと突き刺さる。

あたしのこと本気じゃなかったなら、別れてつらいのは、あたしだけ。

なんで傷つけられて、あたしばかり悲しい思いしなきゃならないの？

そんなの、悔しいよ。

このまま終わるなんて、嫌。

「それならなおさら、先輩に復讐したい」

「おまえ、ホントに重たい女だな」

「湊にもメリットはあるよ？」

「どんな？　めんどくせぇだけだろ」

「もしあたしと付き合ったら、湊だって女子から告白されること減るんじゃない？」

「べつに告られても振ればいいだけだし」

あたしは頬をプクッと膨らませて、湊を見つめる。

「俺に協力させてぇなら、もっとマシな理由を考えろよ」

あたしは口を尖らせる。

「べつに、本気であたしと付き合ってって言ってるわけじゃないのに」

「あたりめぇーだ」

幼いころから、さんざん湊の世話を焼いてきた。

あたしの頼みごと、ひとつくらい聞いてくれたって罰あたらないのに。

「おまえ浮気されたくせに、まだあんなヤツのこと嫌いになれねぇのかよ」

「だって……だって……」

「泣くなよ」

湊は自分の服の袖《そで》で、あたしの目元をゴシゴシと拭《ぬぐ》う。

「もっと優しくやってよぉ」

「うっせーなぁ」

湊はため息をついて、あたしの顔を見つめる。

「わかったよ。しょーがねぇ。そのかわり……」

「そのかわり？」

あたしは唾をゴクリと飲み込んで、湊の答えを待つ。

「毎日一〇分間、マッサージしろ」

「……はい？　毎日？」

足裏から頭のてっぺんまで、あたしがグッタリするまで湊のマッサージをさせられている様子が頭に浮かんだ。

悪魔にこき使われる召使《めしつか》いになれと……それが条件か。

「嫌ならいいけど」

「……わかりました。やらせていただきます」

もう、どうなったっていい。

今はただ、二階堂先輩への復讐に燃えるだけ。

「本気かよ？　ぜってぇ断ると思ったのに」

「湊も引き受けたからには、ちゃんと演じてよ？　あたしにべ・タ・ボ・レな彼氏！　設定守ってよ？」

「おまえも、よくそんな設定が思いつくよな」

湊は、ため息まじりにつぶやく。

「明日から俺は、おまえの彼氏になればいいんだろ？」

「うん。お願いします」

「じゃ、話は終わりな？　もう寝るぞ」

そう言って湊は、布団に横になって瞳を閉じた。

「湊」

「あ？　まだなんかあんのかよ？」

「一緒に寝てもいい？」

「……はぁ⁉」

「ひとりじゃ眠れる気がしなくて」

「ガキかよ。おまえは」

「今日だけ。ね？」

あたしが横になっている湊の顔をジッと見ると、湊はプイッと反対側を向いてしまった。

「ねぇ」

湊の背中に呼びかけると、湊はあたしに背を向けたままつぶやく。

「なんで俺が、おまえと一緒に寝なきゃいけねぇーんだよ」

「だって、寂しいんだもん。つらいんだもん。心を癒してくれるペットもいないし……」

「俺をペット代わりにすんな」

あたしは無理やり湊の布団に入る。

「なっ、おまえ……」

あたしは布団の中に入って、湊の背中に抱きついた。

「小さいころは、よく一緒にお昼寝したじゃん」

「覚えてねぇーよ、そんなもん」

あたしは湊の背中に、顔をピタッとつける。

「……ぐすっ……っ……」

「また泣くのかよ？　今日はおまえ、ホントによく泣くな」

「こんなつらい日に、ひとりじゃなくてよかったなって思って」

声が震えた。

あたしの涙で、湊の服がじわりと濡《ぬ》れていく。

「湊がいてくれて、ホントによかった」

「……ったく」

湊の呆れたような小さな声が聞こえた。

湊の背中に顔をうずめていたら、ふと、あの日の夜のことを思いだした。

「湊、覚えてる？　あのときのこと」

あたしが小学生のとき、お父さんが病気で死んだ。

あのとき、悲しくて本当につらかったけど、お父さんを失って憔悴《しょうすい》しきったお母さんの前で、あたしは悲しい顔を見せたくなかった。

あたしが泣いていたら、お母さんはもっとつらくなるんじゃないかって。

無理して笑顔を作って、大丈夫なフリをして、悲しむお母さんを必死に励ました。

いくらお母さんが泣いても、取り乱しても、あたしだけは絶対に。

お母さんの前では絶対に泣かないよう、歯を食いしばって必死に涙をこらえていた。

お母さんが葬儀の準備に追われて、あたしが湊の家に泊まることになった日。

湊の部屋のベッドで、あたしは湊の隣で横になったあの夜……もう限界だったんだと思う。

張りつめていた糸がプツンと切れたみたいに、必死に抑え込んでいた感情が、あふれだした。

あの夜もあたしは、こうして湊の背中にしがみついて。

湊の背中で、泣いていたんだ。

「忘れるわけねぇだろ」

「……っ……そっか……覚えてたんだね……」

湊の背中、涙で濡らしてごめんね。

「泣き疲れたら、そのうち眠くなんだろ」

湊は反対側を向いたままで、そのままジッと動かずにいてくれた。

ありがとう、湊。

あたしは湊の背中に顔をうずめて泣いた。

湊の背中は、不思議なほど温かくて、落ちつく。

湊は知らないでしょ？

あのときも、どれだけ心強かったか。

お父さんが死んじゃったとき、あたしは湊の前でしか泣けなかったから。

湊の背中は、あのころよりもずっと大きくなったね。

あたしは湊の背中に頬をつけたまま眠りについた――。


翌日の朝、湊と一緒に通学路を歩いていく。

「昨夜の話、忘れてないよね？」

「あ？　あぁ」

「ちゃんとあたしの彼氏、演じてよ？」

「あのさ、おまえの復讐のゴールはいったいなんなわけ？」

「浮気したことを後悔させる」

「それから？」

「あたしのこと遊びだったなら本気にさせたい。それで、こっぴどく振ってやるんだからっ！」

湊はあたしの瞳をジッと見つめる。

「復讐が終わるとき、おまえがまだアイツを好きでも……振れんのか?」

「……もちろん」

「今、少し間があったよな?」

「振るに決まってるじゃんっ」

それで、この恋を完全に終わりにする。

こんなバカみたいな方法しか思いつかないあたしだけど、今はその気持ちだけが、あたしを動かしている。

「あんなヤツ、復讐する価値もねぇのに」

頭ではわかってるよ。

こんな復讐なんて、バカげてるって。

でも心がついていかない。

すぐに嫌いになれたら……きっと、こんなことしない。

浮気されたのに、今もまだ好き。

でも好きだからって、許すこともできない。

こんなふうにして、自分の気持ちを抑え込むことしかできないんだ。

「それで、どーやってアイツに俺たちが付き合ってること伝えんの?」

「そこなんだよね~問題は。あたしからわざわざ二階堂先輩に言いに行くのもおかしいでしょ？」

「明らかに強がってますって感じだな。俺がアイツに直接言ってもいいけど？」

「なんか、もっと自然と二階堂先輩に伝わる方法ないかなぁ？」

「自然ねぇ……」

するとと、湊はあたしの手をぎゅっと握りしめた。

「ええっ⁉」

「なんつー声出してんだよ」

「ちょ、ちょ、手っ！　手ぇ繋いでますけどっ」

なんなの？

ちょっと待って、あたしの知ってる湊じゃない。

あたしの知ってる湊が、こんなことするわけない。

「自然に伝わる方法ないかって、おまえが言うから」

「これが自然っ⁉」

「俺たち付き合ってんだろ？」

湊は無表情で、あたしの顔を見つめる。

「手ぐらい繋ぐだろ」

「は、はぁ……」

「アイツ騙すんなら、本気出さねぇーとな」

「湊って、二階堂先輩のこと、ほんっと嫌いなんだね」

「今さらかよ」

湊がバスケ以外で、こんなにやる気を出してくれるなんて思わなかった。

「毎日のマッサージ、忘れんなよ？」

「忘れてませんよ。もぉ」

普段と同じ口ぶりで答えているあたしだけど、内心はかなり動揺していた。

彼氏のフリは頼んだけど、湊と手を繋いで学校へ行くなんて、考えてもいなかったから。

あたしたちは手を繋ぎながら、高校の正門を入っていく。

「おいおいおい！　おまえらっ」

うしろから聞こえた声に、あたしたちは立ち止まる。

振り返ると、そこに立っていたのは、クラスメートの快だった。

「やっぱり湊と結雨かよっ」

「快、おはよ〜」

あたしはニコッと笑顔を見せる。

「なに手、繋いでんの？　おまえら付き合いだしたの？」

驚いた様子で目を丸くしている快は、あたしたちの顔を交互に見た。

「あー、えっと。そ、そぉなのぉ～。あたしたち付き合ったんだよねぇ～えへへ」

笑いながらあたしが言うと、湊はあたしの耳元に顔を近づけて小声で言った。

「おまえ下手くそか」

あたしたちを見て、ニヤニヤしている快。

「校内一カップル誕生じゃーん」

大きな声で叫んだ快。

「校内一カップルって何？」

あたしが快に尋ねた瞬間、うしろから琥都の声が聞こえた。

「そんなとこで立ち止まって、どーしたんだ？」

「なぁ、琥都！　湊と結雨が付き合いはじめたんだってさぁ～」

「へぇ。湊、結雨、おめでと」

琥都は黒縁のメガネを外して、ニコッと笑う。

あれ……？

快だけじゃなくて琥都も、あたしたちのことを少しも疑っていないみたい。

なんだか、いける気がしてきた。

「ふたりが手ぇ繋いでるなんてなっ。記念に写真撮っていい？」

そう言ってイタズラっぽく笑う快は、制服のポケットからスマホを取りだした。

「写真撮ってもいーけど、おまえのスマホ、あとで窓からぶん投げてやっから」

「はい、出たー。デビル湊ちゃん」

そう言って快は、写真を撮らずに慌ててスマホをしまう。

通りすぎていく生徒たちが、あたしたちを指差しながらヒソヒソと話していることに気づいた。

それを見て、快がまわりの生徒たちに向かって、大きな声で叫ぶ。

「おーい！　みんなー！　校内一カップルの誕生だぞーっ」

あたしが湊の顔を見ると、湊は〝これでいいんだ〟と言うかのようにうなずいた。

このまま順調に噂が広まってくれればいい。

それで、一刻も早く、二階堂先輩にも伝わってほしい。

四時間目の体育の授業中、あたしは奈乃と体育館の隅に座っていた。

「ひっどぉ！　こんなかわいい彼女がいても浮気するなんて……」

二階堂先輩と別れた理由を、奈乃に話した。

「でも、湊くんと付き合いはじめたのは、びっくりしたよ」

「それが……」

「結雨ちゃん？」

「ううん、なんでもない」

復讐のために湊と付き合っているフリをしているなんて、奈乃に言えなかった。

「でも、前から思ってたけど、結雨ちゃんて二階堂先輩といるときよりも、湊くんといるときのほうが自然体だなって」

「そ、そうかな？」

「傷ついた結雨ちゃんを、湊くんが癒してくれるといいね」

「う、うん」

「想《おも》われる恋から、本気の恋がはじまることもあるかもしれないし」

奈乃に嘘をついてしまったことを、後悔した。

あたしの話を真剣に聞いてくれて、本気で心配してくれているのに。

ごめんね、いつかちゃんと話すから……。


体育の授業が終わったあと、奈乃と体育館から教室へと戻る途中のことだった。

あの人が、階段を下りてくるのが見えた。

二階堂先輩……っ！

一瞬、心臓が止まったような気がした。

先輩と目が合って、あたしはすぐに視線をそらす。

ど、どうしよう。

ここで弱気になったらダメなのに。

堂々と、平気なフリしなくちゃ。

あたしは必死に平静を装い、奈乃と階段を上がっていく。

先輩の顔は見ない。

それとも普通にあいさつしてみる？

いや、ヘンだよね。

どうしよう……。

先輩とすれ違う瞬間、あたしは先輩に腕を掴まれた。

「結雨」

胸がぎゅっと締めつけられる。

腕を掴まれて立ち止まったあたしは、先輩の顔を見つめた。

「ちょっといい？」

「え……？」

「話あるから来て」

強く掴まれた腕が……痛い。

先輩と見つめ合ったまま、あたしは何も言えずにいた。

そのとき、隣にいた奈乃が小さな声で呼ぶ。

「結雨ちゃん」

奈乃のほうを向いたあたしは、無理に笑顔を作った。

「奈乃ごめん。先に教室戻ってて」

「でも……」

奈乃はあたしが心配なのか、その場から動かずにいる。

奈乃に〝大丈夫だよ〟と言うかのように、あたしは微笑んで小さくうなずいた。

「……わかった。先に行ってるね」

そう言って奈乃は、先に階段を駆け上がっていく。

「先輩、話って……」

あたしの質問に、先輩は無言で微笑んだ。

先輩はあたしの腕を掴んだまま、階段を下りていく。

「先輩っ、どこに……」

先輩のうしろ姿。

先輩に掴まれた腕。

この胸の切なさと痛みに、あたしはまだ先輩が好きなのだと、嫌でも実感する。

先輩は一階まで階段を下りると、階段の隅へとあたしを連れていった。

あたしの腕を離した先輩は、まっすぐに見つめてくる。

「話って……なんですか……?」

先輩は一歩ずつ、あたしのほうへと近づいてくる。

「せ、先輩……?」

後ずさるあたしは、壁に勢いよく背中を打ち付けた。

あたしの顔の横で、壁に左手をつく先輩は、あたしの瞳をジッと見つめる。

あたしは、プイッと顔を背けた。

「こっち向いて」

先輩の言葉を無視して顔を背けたままでいると、先輩の右手があたしの左頬を包み込むように触れ、無理やり先輩のほうへ顔を向けさせられる。

先輩と目が合った瞬間、先輩は優しい声で呼んだ。

「結雨」

名前を呼ばれるだけで、泣きそうになる。

泣いたらダメなのに。

あたしは……先輩に復讐するって決めたんだ。

ゴクリと唾を飲み込んだあたしは、強い口調で聞く。

「なんですか？　話って」

「朝霧と付き合いだしたの？」

ついに、このときがやってきたんだ。

復讐のはじまり……。

「……はい、湊と付き合ってます」

「噂で聞いたよ」

ここで視線をそらしたら負け。絶対にそらしちゃダメ。

「もしかしてさぁ……俺に対して、あてつけのつもり？」

「先輩とはもう終わりましたから。関係ありません」

「結雨が、俺と別れてすぐにほかの男と付き合うなんて意外だったよ」

頑張れ……あたし。

「先輩のことで、湊には前からいろいろと相談してたんです」

「ふーん。それで？」

先輩は余裕な表情を浮かべて、あたしを見つめる。

うまく嘘つかなきゃ。

失敗したら、そこで全部終わっちゃう。

「それで……先輩に浮気されたあたしを、湊が優しく慰めてくれて……」

「傷ついてる結雨に朝霧が付け込んで、ふたりは付き合いはじめたわけだ？」

「そんな言い方、やめてください」

「違うの？　じゃあ、結雨も前から朝霧のこと好きだったとか？」

「え……？」

「そうなんだろ？　やっぱり俺の勘は当たってたわけだ」

勘……？

「幼なじみっていうわりには、仲良すぎるもんな。前から思ってたんだ」

先輩は壁に左手をついたまま、右手であたしの頬を撫でる。

「ホントは俺のことなんて、好きじゃなかったんでしょ？」

先輩の冷たい笑顔に、背筋がゾッとした。

「俺と付き合ってるときから結雨は朝霧のことが好きだった。違う？」

こんな先輩、初めて見る。

あたしは、本当に先輩のこと何も知らなかったんだ。

何も、見えていなかった。

「ふたりから同じ匂いがしてたもんな。ふたりの関係に俺が気づいてないとでも思った？」

「そ、それは誤解で……」

そういえば前に、湊が言っていた。

湊があたしと同じ匂いがすると、二階堂先輩から言われたこと。

「純情ぶってキスできないとか言ってたけどさぁ。ホントは朝霧とやることやってたんでしょ？」

先輩はフッと笑いをこぼす。

「俺のこと責めてたけど、やってること一緒じゃんか」

「先輩と一緒にしないでくださいっ」

「もういいよ？　そんなふうに純情ぶったりしないで」

二階堂先輩って、こんな人だったの？

今まで見抜けなかったなんて、あたしバカだ。

「先輩は、別れたら追わないんですよね？　湊と付き合ってること、そんなに気になりますか？」

先輩は無言でニコッと微笑むと、ズボンのポケットに手を突っ込んで何かを取りだした。

あたしの左手を取り、それを、あたしの手首につける。

小さなリボンがついている、ゴールドのブレスレットだった。

「なんですか？　これ」

「別れる前にデートの約束してたじゃん？　次にデートしたときに渡そうと思って、前に買っておいた物」

「だからって、なんで今渡すんですか？　あたしたちもう別れたのに……」

「結雨のために選んだものだから」

胸が痛いくらい締めつけられる。

「困ります」

ブレスレットを外そうとすると、先輩は真剣な声で言った。

「結雨に似合うと思って買ったから」

あたしのことなんて、本気じゃなかったくせに。

「結雨にあげた物だから、いらなきゃ捨てていいよ」

そう言って先輩は、あたしの瞳を見つめて優しく微笑む。

先輩は、本当にずるい人。

『追わないよ？　俺』

『いらなきゃ捨てていいよ』

本当にずるい。

「結雨」

付き合っていたころみたいに、そんな優しい声で呼ばないで。

もしかして、あたしの気持ちを試しているの？

あたしがまだ先輩を嫌いになれないことが、バレている？

先輩の顔が、ゆっくりとあたしの顔に近づいてくる。

先輩は顔を傾けて、息が触れる距離で瞳を閉じた。

ふわりと香る先輩の匂い。

ムスクのような大人の香りが、いつだってあたしをドキドキさせた。

「……っ」

先輩があたしにキスしようとした瞬間、あたしは顔を背ける。

そして、気づいたときにはもう……。

――パシンッ。

あたしは手のひらで、先輩の頬を叩いていた。

「……っつー」

「ご、ごめんなさいっ」

自分の手のひらも、ジンジン痛む。

相当な強さで叩いてしまった。

「俺、女の子に叩かれたのって初めてかも」

そう言って先輩は、頬をさすりながら優しい笑顔を見せる。

その意外な反応に、あたしは少し戸惑ってしまう。

「先輩がふざけるから……」

別れたのに、キスなんてしようとするから。

「ふざけてないよ？」

あたしは、遊ばれているだけだ。

「結雨の手、大丈夫？」

「平気です」

目を伏せたあたしは、小さな声で答える。

そのとき、冷ややかな低い声が聞こえた。

「ここで何してんだよ？」

その声のほうを見ると、湊がこっちを睨みつけて立っていた。

「朝霧」

そう言って先輩は、湊を見て不敵な笑みを浮かべる。

こっちに歩いてきた湊は、あたしの前に立ち、先輩と向かい合う。

「結雨は、もうおまえの女じゃねぇだろ」

湊は先輩の胸ぐらを掴んだ。

「こうやって陰で結雨に手ぇ出そうとすんの、やめてくんね？」

あたしは湊の背中から少しだけ顔を出して、先輩の顔を見た。

「フッ……よく言うよなぁ。朝霧だって、俺と結雨が付き合ってるときから、コソコソ陰で結雨に手ぇ出してたんだろ？」

「あ？　てめぇと一緒にすんな」

「ホントのことだろ？　朝霧。その証拠に、俺と別れてすぐ付き合いはじめたじゃん」

先輩は、ニヤッと笑って、湊の肩に手を置く。

湊はすぐに、肩に置かれた先輩の手を振り払った。

「こんなヤツ相手にすんな。行くぞ、結雨っ」

あたしの手首を掴んだ湊は、先輩をその場に残して、歩きだす。

「ちょ、ちょっと……」

湊に引っ張られて歩きながら、あたしは先輩のほうをチラッと見た。

先輩はニコッと笑い、あたしに小さく手を振る。

二階堂先輩が何を考えているのか、全然わからない。

デートのときに渡すはずだったと言って、ブレスレットくれたり。

いきなりせまってきて、キスしようとしたり。

もう別れたのに。

あたしたちの関係は終わったのに。

あたしのことを、いとも簡単に惑わせる。

一緒に過ごした時間も、想いも、簡単には消えてくれない。

「アイツ、ホントうぜーな」

湊は、あたしの手首を掴んだまま階段を上がっていく。

「ごめんね」

「何が？」

機嫌が悪そうに返事をする湊。

彼氏のフリ、面倒くさくなっちゃったかな。

「どうしてあたしが、あの場所にいるってわかったの？」

「奈乃が俺に伝えに来た」

「そっか。奈乃が……」

さっき、あたしのこと心配そうに去っていったもんね。

「アイツに何された？」

「何も……されてないよ。大丈夫」

キスされそうになって、一瞬、戸惑ったけど。

先輩の頬を引っぱたいて目が覚めた。

「ほら、あたし。反射神経いいし」

「あ？　なんの話だよ」

「だけど、奈乃に聞いたからって、あたしのこと助けに来てくれるなんて優しいじゃんっ」

あたしがニコッと笑うと、湊は目を細めてあたしを見る。

「おまえが考えたあの長ぇ設定、守ってるだけ」

「ふふっ。ありがとっ。あたしにベタボレな彼氏さまっ」

「うっざ」

「ちょっと！　今ウザいって言った？」

「さすが。耳いいな」

あたしを見て、湊はイタズラっぽく笑う。

湊は、あたしの手首を離すと同時に立ち止まった。

「おまえ、手首にこんなのつけてたっけ？」

二階堂先輩からもらった、ブレスレット。

「あ……気づいた？」

あたしは苦笑いで頭をかく。

「じつはさっき……二階堂先輩がくれて……」

「は？　おまえアホじゃねぇーの？」

「いや、だから外そうとしたときに……」

「なに普通にもらってんだよ。バカか」

「違うってば。先輩が勝手につけたの」

湊は、心底呆れたようにため息をつく。

「おまえ、ホントに復讐する気あんの？」

「あるよぉ」

あたしは手首のブレスレットを見つめる。

「でも先輩……あたしが湊と付き合っても平気っぽかったよね？　それどころか、前から湊とあたしの関係を疑ってたみたいだし」

あたしはうつむいて、つぶやく。

「ちょっとくらい、妬《や》いてくれてもいいのに」

「心の中では、妬いてるかもしんねぇじゃん」

「そうだといいけどさ……」

そう言った瞬間、湊はあたしを抱きしめた。

「えっ？　ちょっ……」

もがくあたしを抱きしめたまま、湊は小さな声で言った。

「いいから、黙って抱きしめられとけ」

そう言われても……ここ学校の廊下だよ？

まわりの生徒たちに見られている。

恥ずかしくて、どうしようもないんだけど。

「ねぇ、いったいなん……」

「向こうから俺たちのこと見てる」

湊は、あたしの耳元で言った。

「え？　誰が？」

「アイツに決まってんじゃん」

「まさか二階堂先輩？」

「ん、だから見せつけてやるよ。アイツに」

「湊……」

「妬かせたいんだろ？」

うなずいたあたしは、湊の腕の中でおとなしく抱きしめられていた。

復讐のゴールは、二階堂先輩に本気であたしを好きになってもらうこと。

あたしはこれから、絶対に二階堂先輩を振り向かせてみせる。

「湊……」

「ん？」

「先輩、まだこっち見てる？」

「あぁ」

「じゃあ……ぎゅってして？」

湊は、いっそう強くあたしを抱きしめた。

あたしは湊の背中に手をまわし、湊の服をぎゅっと掴む。

匂いなんて、目に見えないものなのに。

どうしてこんなにも記憶に残ってしまうのだろう。

先輩の香りも、甘い記憶も。

全部、消したい。

恋をすることは、幸せなことだと思っていた。

だけど本当は、傷つくことのほうがずっと多い。

そして、自分でも知らないうちに、誰かを傷つけていることもある。

自分を守ろうとして、誰かを傷つける人もいる。

桜の記憶

【湊ｓｉｄｅ】

誰にだって、ヒミツのひとつくらいあるだろう。
俺にも結雨の知らない、ヒミツがある――。

放課後、部活の時間。
今日もバスケ部は、体育館で練習に励んでいる。
今は、三年と二年のチームにわかれて、五対五の練習メニュー。
仲間とパスを繋いで、ディフェンスをかわしていく。
俺がパスを受けると、すぐに二階堂が目の前にやってきた。
一瞬、お互いに睨み合う。
バスケ部の三年、結雨の元カレ……俺は、こいつのことが大嫌いだ。
「……っ」
俺はドリブルで二階堂を抜き、そのままレイアップシュートを放つ。

――パサッ。

ゴールネットを揺らす、爽快《そうかい》な音。

俺のシュートが決まると、同じチームのヤツらが駆け寄ってきて俺の背中を叩いていった。

「湊、ナイッシュー」

「おぉ」

そのあとすぐに、相手チームの二階堂がスリーポイントシュートを決めた。

俺の顔を見てニヤッと笑う二階堂に、イラッとしながら俺は視線をそらす。

「よし、休憩ーっ」

顧問の叫ぶ声が聞こえて、俺は体育館の隅に行き、床に腰を下ろした。

荒くなった息を落ちつかせながらうつむいていると、パサッと頭の上にタオルが降ってきた。

顔を上げると、そこに立っていたのは二階堂だった。

「なんすか？」

「そんな睨むなよ」

そう言って微笑んだ二階堂は、俺の隣に座った。

「絶好調だな、朝霧。結雨と付き合いだしたおかげか？」

二階堂は、人をイライラさせる天才だな。

「べつに、結雨は関係な……」

そう言いかけたとき、結雨の言葉が一瞬頭をよぎる。

『ベタボレな彼氏役、よろしくねっ』

これも仕方ない。

結雨のためじゃなくて、毎日のマッサージのためだ。

俺は心の中で、自分にそっと言い聞かせる。

「結雨も応援してくれてるし、試合でも練習でも誰にも負けたくないんで」

「朝霧ってさ、後輩のくせに、ホント生意気だよな～」

二階堂は笑いながら、俺の肩に慣れ慣れしく手を置いた。

「でも俺、朝霧のそういうとこ嫌いじゃないよ？」

俺はおまえのこと大嫌いだけどな。

「それより、別れたくせに、なんで結雨にブレスレットなんかやったんだよ？」

「かわいい結雨に、似合うと思ったから」

「は？　ふざけてんのか？　結雨のこと傷つけといて」

「本当は……」

「あ？　本当はなんだよ？」

「結雨に手錠かけたくて」

二階堂はニコッと笑った。

「……は？」

「結雨は俺のものってこと」

手錠だの、俺のものだの、好き勝手言いやがって。

「ふざけんな。結雨はものじゃねぇんだよ。それに結雨は今、俺の彼女なんだよ」

「だから？　結雨に手を出すなって？」

「当たり前だろーが」

「朝霧だって、俺が付き合ってるときから結雨と関係持ってたんだろ？」

二階堂は、本気で疑ってるのか。

自分が浮気していたことに、悪びれている様子もまったくない。

こんなヤツのどこを好きになったんだよ、結雨のヤツ……。

「結雨は浮気するような女じゃねぇから。付き合ってたくせに結雨のこと何も知らねぇんだな」

「朝霧さぁ、自信ないんだろ？」

「あ？」

「結雨が俺のところに戻りそうで怖い？」

その余裕たっぷりな表情が、ムカつくんだよ。

「まぁ、結雨は俺のこと嫌いになったわけじゃないみたいだし」

二階堂は、結雨の態度を見て、自分にまだ気持ちがあるって確信したのか？

嘘つくのも下手な上に、ブレスレットなんかもらいやがって。

「遊びだったくせに、俺に結雨を奪われて惜しくなったのかよ？」

「あははっ」

「何がおかしいんだよ？　結雨のこと傷つけやがって……大切にしなかったくせに」

「大切にしてたよ？　俺なりに」

「おまえっ……いいかげんにしろよっ」

床に座ったまま、俺は二階堂の胸ぐらを掴んだ。

睨みつける俺を、あざ笑うかのような二階堂の憎たらしい目。

そのとき、頭の上から女の声が聞こえた。

「理央っ」

二階堂を下の名前で呼ぶこの人は、女子バスケ部の三年。

肩下までのストレートの黒髪を、今はひとつに結んでいる。

名前は、来瞳深珠《くるめみじゅ》。

来瞳先輩は二階堂と普段から仲が良く、二階堂の元カノだという噂もある。

「理央、ジュース買ってきて？」

そう言って来瞳先輩は、ニコッと笑った。

「いいよ」

俺の手を振り払った二階堂は、スッと立ち上がって歩いていった。

「朝霧くん、部活中にケンカはダメだよ？」

来瞳先輩は、俺の隣に膝を抱えて座った。

二階堂にジュースを買いに行かせたのは、ケンカを止めるためだったのか。

「ふたりともレギュラーなのに、試合に出られなくなっちゃったら困るでしょ？」

「……はい」

俺が無愛想に返事をすると、来瞳先輩は俺を見てニコッと微笑む。

「前から思ってたけど、朝霧くんて理央にだけ敬語使わないよね」

俺が黙ったままでいると、横から来瞳先輩が俺の顔を覗き込んだ。

「ふふっ。そんなに理央のこと嫌い？」

「はい」

先輩とか関係ない。

大嫌いなものは仕方がない。

「どぉして？」

「アイツは……」

俺は怒りをこらえて、タオルを強く握りしめる。

「アイツは……結雨を傷つけた」

結雨と付き合ってんのに、ほかの女にも手を出していた。

結雨を傷つけて、泣かせた。

それだけではない。

俺が二階堂を大嫌いになったのは、あのときだ――。


まだ俺が一年だったころ、偶然聞いてしまった。

部活の休憩中、二階堂を含めたバスケ部の先輩たちが、ある話で盛り上がっていた。

『マジでちょーかわいくね？　一年の一色結雨』

『文化祭のランキングで、断トツの一位だったもんな～』

話題は、文化祭のイベントで、校内一の美少女に選ばれた結雨のことだった。

『彼氏いないらしいぜ？』

『俺、告ろっかな～』

『無理無理。おまえとは釣り合わねぇよ』

先輩たちの笑い声が、あたりに響き渡る。

そのとき、口を開いたのは、二階堂だった。
『あの子は、俺が落とすよ』
忘れられない。
あのときの二階堂の得意気な声も、言葉も、頭から離れなかった。
まるでゲーム感覚。
『落とす』なんて。
あのとき、二階堂はさらに続けて言ったんだ。
『かわいい彼女がいたら、みんな羨《うらや》ましがるもんな』
結局、結雨の見た目しか見えていない。
かわいい彼女がいるって、まわりに自慢したいだけなんだ。
結雨のことが本当に好きなわけじゃない。
かわいい彼女がいる〝自分〟のことが好きなんだろ？
二階堂のことは、チャラい雰囲気からして最初から嫌いだった。
でも、あの言葉を聞いた瞬間、大嫌いになった。
結雨は、俺の幼なじみ。
大切な……幼なじみなんだよ。
だから、あんなヤツには、絶対に手を出されたくなかった。

バスケ部に入部したころから、二階堂の噂は聞いていた。

女好きで、何人も女がいるとか。

元カノたちと別れたあとも関係を続けているとか。

悪い噂しか聞かなかった。

それでも、結雨があんなヤツを好きになるわけないと、俺は思っていた。

だけど、いつのまにか俺の知らないところでふたりは、距離を縮めていたんだ。

『湊っ！　あたし彼氏できたよっ』

高校一年の二月、バレンタインの翌日に、結雨は笑顔で報告してきた。

『二階堂先輩と付き合うことになったのっ』

最初はただ驚いて、言葉も出なかった。

初めて彼氏ができて、うれしそうにしている結雨に、二階堂の言葉や噂話なんて言えなかった。

それに、もし俺からそんな話を聞かされても、結雨は簡単に信じたりしない。

俺が二階堂のことを悪く言うたびに、怒って聞く耳を持とうとしなかった。

人のいいところばかり見ようとする。

結雨は、そういうヤツだから。

でも、二階堂と付き合いだしてから、結雨は幸せそうだった。

二階堂は、本気で結雨を好きになったのかもしれない。

あのとき聞いた言葉も、噂も、忘れようとした。

結雨を大切にしてくれているなら、それでいいと思っていた。

でも、結局こういうことになった。

二階堂は結雨と付き合いながらも、ほかの女と浮気をしていた。

結雨のことは、本気じゃなくて、最初から遊びだったとしか思えない。

結雨の純粋な心を、ズタズタに傷つけた。

二階堂と別れた日、あんなふうに一晩中、結雨が泣くなんて。

結雨が傷つくのも、泣いているのも、見たくなかった。

俺は、約束したから。

一生忘れることのない、ヒミツの約束――。


その日の夜。

夕飯のあと、俺はソファに座ってテレビを見ていた。

すると、風呂から上がってきた結雨が、濡れた髪をバスタオルで拭《ふ》きながらやってきた。

「ふぅ、サッパリしたぁ」

結雨はキッチンの冷蔵庫に寄り、パックの牛乳をコップに注いでいる。

それをゴクゴクと、喉を鳴らしながら、結雨は一気に飲み干した。

「プハーッ。やっぱお風呂上がりには牛乳っすなっ！」

「完全におっさんじゃねーか」

ボソッと俺がつぶやくと、結雨は俺の隣にやってきてソファに座った。

「なんか言った？」

「べつに」

結雨の濡れた髪からシャンプーのいい香りが漂ってくる。

俺は頭を傾けて、結雨の肩にもたれかかった。

「ちょっと、重た……」

「おまえ忘れてねぇだろーな？　マッサージ」

「あはっ……あはは～」

「なに笑ってんだよ？」

結雨は手で俺の頭を押し戻し、ソファから立ち上がる。

「今日はさっ、お花見しよーよ」

そう言って結雨は、ニコッと笑った。

「おい、マッサージはどーした。俺の今日のモチベーション返せ」

「毎年の恒例行事でしょっ？　ふたりでお花見するのは」

「桜なんか、もう散っただろ」

「まだ咲いてるけど？　なんでそんなわかりやすい嘘つくかね～湊は」

俺の頭を人差し指でツンと押した笑顔の結雨を見て、俺はため息をつく。

「寝る前にちゃんと、マッサージやれよ？」

「はいはい」

適当に返事をした結雨は立ち上がって、キッチンのほうに歩いていった。

「結雨のヤツ……マッサージが嫌で、花見に逃げやがったな」

ボソッとつぶやいた俺は、大きなあくびをしながら立ち上がった。

毎年の恒例行事だなんて結雨は大げさに言うけど、ふたりで花見といっても、場所は家のベランダだ。

うちのマンションの近くにある公園の桜を、毎年のように俺の家のベランダで見ながら、ふたりでジュースを片手に、べつになんてことのない話をするだけ。

今年は俺の家のベランダではなく、結雨の家のベランダで花見をする。

隣の家だから、ベランダから見える景色は、ほぼ変わらない。

先にベランダに出ていると、あとから結雨がやってきた。

「お花見と言えば、これでしょ」

「よくあったな」

結雨が、透明のパックに入った三本入りのみたらし団子と、冷蔵庫からサイダーの缶を二本持ってきた。

「お母さんが、おやつに買っておいてくれたみたい」

大人になったら、サイダーがビールに変わるのか、とか。

今は毎年だけど、いつまでこんなふうに、ふたりで花見をするのか、とか。

そんなことを、ふと思った。

「夜風、気持ちいいね。春の匂いがする」

「春の匂いって、どんな匂いだよ」

「湊には、わかんないか」

涼しい夜風が、結雨の髪を揺らした。

「カンパーイっ！」

そう言って結雨は、手に持っていたサイダーの缶を、俺の缶にコツンとぶつけた。

ゴクゴクとサイダーを飲む結雨を、横で見つめる。

「プハーッ！ うーんまっ」

「おい、おっさん」

「へ？」

さっき、風呂上がりの牛乳でも同じことやってたな。

「飲まないの？　いらないなら、湊の分も飲んじゃお～っと」

「おまっ……やめろっ」

結雨は、俺の手からサイダーの缶を取り上げようとする。

「ひゃっ」

結雨の顔に、サイダーがピチャッとかかった。

「ははっ。ざまぁ」

俺が笑うと、結雨は顔についた水滴を手で拭う。

「つめたぁ～もぉ！　せっかくお風呂はいったのにぃ」

「おまえが横取りしよーとするからだろ？」

「えいっ」

「わっ」

結雨は、俺の顔にもサイダーをかけた。

「おまえなぁ、ふざけんなよ」

「んふふっ。お返しだよぉーだっ」

そう言って、無邪気な笑顔を見せる結雨。

「ふけよ。俺の顔」

「はぁー!?」

「早く拭け」

「ったく、もぉ……」

長袖を着ている結雨は、手を隠した袖の部分で、俺の顔についた水滴を拭う。

「湊ちゃんは、ホントに世話が焼ける子でちゅね～」

結雨の袖が俺の顔から離れた瞬間、俺は結雨の瞳を見つめた。

『湊ちゃん』

一瞬、あの日の結雨の声が聞こえた気がした。

「……湊?　どしたの?」

わかっていた。

結雨が、春になると毎年のように、ベランダで花見をしようと言う理由。

俺のためだってことも、全部わかってる。

俺は結雨から視線をそらし、ベランダの手すりにもたれた。

近くの公園の桜は満開をすぎ、薄ピンク色の花びらは、夜風に乗って宙を舞う。

外灯でライトアップされた夜の桜の木は、幻想的な美しさを見せる。

この場所……ベランダから見る桜は、何年たっても変わらない景色だった。

今年もまた春がやってきて、桜が散っていくのだと、胸を切なくさせた。

桜の花びらが舞い散るころの、忘れられない記憶。
あの日、つぶれた俺の心。
消したいのに、消せない過去。
消えていったあの人。

一〇年前のあの日、季節は春だった——。
俺が小学校から家に帰ってくると、仕事で家にいないはずの母親が、なぜかいた。
『あれ？　お母さん、今日ってお仕事じゃないの？』
『そ、湊……おかえり』
少し動揺しているような母親の様子に、何かヘンだと子どもながらに感じた。
『今日は帰りが早いのね』
『避難訓練で、集団下校の日だよ』
『あ、そうだったわね』
俺の母親は美人で、自慢の母親だった。
だけどその日は……。
いつも以上に、キレイだったんだ。
『今日、学校からそのまま結雨ちゃんのおうちに行ってねって、朝言ったわよね？』

『うん。忘れ物を取りに来ただけだよ』

その日は、父親も母親も仕事で、それぞれ帰りが遅くなるからと言われていた。

学校からそのまま隣に住んでいる結雨の家に行くことは、よくあることだったけど、何かがヘンだった。

いつも仕事に行っているはずの母親が家にいて、目の前に立っている母親のうしろには、大きなスーツケースが見えた。

『お母さん、どっか行くの？』

俺が尋ねると、母親は何も言わずに視線を落とした。

『どこ行くの？　お母さん……』

母親は俺の顔を見て、口を結んだまま微笑んだ。

母親のその大きな瞳には、涙が浮かんでいる。

『湊、イイ子にしてね』

どこか遠くに行ってしまうような……そんな言い方に聞こえた。

『お父さんの言うこと、ちゃんと聞いてね』

『ボクも行く』

俺はランドセルを床に放《ほう》り、母親の体にしがみついた。

『お母さんと一緒に行く』

母親は、しがみつく俺の頭を優しく撫でた。
『……湊は一緒に行けないの』
『どぉして？』
母親がいったいどこに行こうとしているのか、俺にはわからなかった。
ただ、どこか遠いところへ行ってしまうような気がして。
置いていかれるのが嫌で。
不安だけが、心の中をいっぱいにした。
『ごめんね』
無理やり笑って、俺に謝る母親の声は、細く震えていた。
『ごめんね……湊……』
どうして、一緒に行っちゃダメなんだろうって。
だから聞いた。
怖かったけど、聞くしかなかった。
『ボクのこと嫌いになったの？』
母親の瞳を見つめて、俺はそう聞いたんだ。
『……そんなわけないでしょ？　大好きよ』
母親は床に膝をついて、俺の体を抱きしめた。

『大好きよ、湊』
その言葉に、ホッと安心したのに。
『湊……お母さん、もう行かなきゃ……』
母親は俺の体を離すと、スーツケースを引きずって玄関に向かう。
その場に立ちつくす俺は、母親のうしろ姿を見つめた。
『お母さん……』
一度も振り返らずに行こうとする母親に、寂しさを感じた。
俺は母親の元へ駆け寄っていき、玄関を出ようとした母親の手を掴んだ。
『すぐに帰ってくるよね?』
なぜか俺は、不安に思った。
母親がこのままどこかに行って、帰ってこないんじゃないかって。
『いつ帰ってくる? 今日の夜? 明日?』
『……っ』
母親の瞳には涙があふれていた。
『お母さん?』
『ごめんね……っ』
母親は、俺の手をほどいて、玄関のドアを開けようとした。

質問に答えてくれないのは、もう帰ってこないからだと、子どもながらにわかった。

俺を置いて、どこかに行ってしまう。

『行かないでっ！　お母さん……っ』

俺はもう一度強く、母親の手を掴んだ。

そしたら今度は。

母親は、俺のその手を。

行かないでと言ったその手を、振り払った。

『ごめんね……湊……』

母親は俺をその場に残して、急ぐように家から出ていった。

俺は一瞬、何が起きたのかわからなくて、母親に振り払われた手のひらを見つめたまま、動けなかった。

手を振り払われたショックで、俺は、母親を追いかけることができなかった。

母親は、きっと……帰ってこない。

『おかぁ……さん』

俺は、玄関から家のベランダへと走った。

ベランダに出た俺は、ベランダの柵《さく》を両手で握りしめ、柵の隙間から母親の姿をさがした。

マンションの前の道路脇には車が停まっていて、その車のそばには見知らぬ男が立っていた。

スーツケースを持った母親が現れると、その男は母親のスーツケースを受け取り、車のトランクに入れた。

そしてその男は、母親の手を握ったあと、抱きしめたんだ。

『……っ……なんで……』

母親は、嘘つきだ。

『大好きよ、湊』

そう、俺に言ったくせに。

全身の力が抜けて、俺は柵から手を離した。

母親と知らない男が抱き合う姿を、ただ見つめていた。

そのとき、結雨の声がした。

『湊ちゃん、玄関のカギ開けっぱなしだったよ？　なかなかうちに来ないから、どぉしたのかなって……』

結雨は俺の隣に立ち、横から俺の顔を覗き込んだ。

『湊ちゃん？　どぉしたの？』

俺は、気づいたら泣いていた。

頬を流れていく涙を、拭うこともせずに。

俺は、男と抱き合う母親を見つめたまま指を差した。

隣に立っていた結雨は、俺が指差したほうに視線を向ける。

『……もしかして、湊ちゃんのママ？』

俺は、コクリとうなずく。

『あの男の人、誰……？』

『お母さんの好きな人だと思う。だから、ボクは一緒に行ったらダメだって……。もう帰ってこないみたい……』

俺が母親と一緒に行けない理由も、その光景を見た俺は、自分なりに理解した。

もう母親は帰ってこない……。

母親に逢《あ》えない寂しさと、母親に捨てられた悲しさ。

息子の俺よりも、あの男を選んだ母親への憎しみ。

まだ幼かった俺は、涙が止まらなかった。

俺たちはベランダから、母親が男と車に乗り込む姿を見つめる。

『……湊ちゃん』

そのとき、静かにそっと。

俺の手を握りしめてくれたのは、結雨だった。

『湊ちゃんには、結雨がついてるよ』
目を伏せたまま、結雨はそう言ってくれた。
――母親に振り払われた俺の手を、そっと握りしめてくれた結雨の小さな手。
一〇年前のあの日。
桜の花びらが舞うなか、母親は俺の前から消えていった――。
その後、父親から離婚したことを聞かされた。
母親は俺を捨てて、あの男といなくなった。
それから俺は、父親とふたり暮らしになった。
あれから毎年のように。
春になると、ベランダで花見をしようと、結雨が言ってくるようになった。
結雨はきっと。
同じ場所で、思い出を作って。
思い出を重ねて。
あの日のつらい記憶を、俺の中から消そうとしていた。
そのことに俺が気づいたのは、あれから何回目の花見だっただろう。
まだ七歳だった、俺のあの日の記憶。
いつか完全に忘れることなんて、できるのだろうか。

あの日、七歳だった俺たちも……もう一七歳になる。

「湊ってばぁ！　なにボーッとしてんのよぉ？」

ベランダの手すりにもたれている俺に、結雨は体ごとぶつけてくる。

「イッテ。おまえが花見するっつったんだろ？　桜見てんだよ」

「じゃあ、ここらで一曲、桜ソングでも歌いますかねっ」

「おまえが歌ったら近所迷惑だからマジやめろ」

「はぁ!?　ひっど」

俺の言葉に頬を膨らませた結雨は、何か思いついたような顔をする。

すると、結雨はニヤッとして、俺の脇腹をくすぐりはじめた。

「こしょこしょこしょ～」

「わっ、やめ……やめろっ、アホっ」

「んふふっ」

くすぐってくる結雨の手を、俺はぎゅっと掴む。

「やめろっつってんだろ？」

「やだって言ったら？」

「無理に笑わせようとか……しなくていいから」

「え……？」

「結雨が考えてることくらい、わかる」

「……べ、べつにあたし、そんなつもりじゃ……」

「おまえがいれば……それでいいから」

「湊……」

結雨は、そっと俺の体を抱きしめた。

切なさが込み上げ、胸が締めつけられる。

今にも泣きそうな声で、俺の名前を呼ぶ結雨。

「湊……っ」

だから俺まで……。

俺まで、泣きそうになるだろ……。

「バカ……なんでおまえが泣くんだよ？」

「……ううっ……ごめん……」

あの日を忘れられないのは、俺だけじゃなかった。

結雨は俺を抱きしめたまま、ポンポンと優しく俺の背中を叩き続ける。

「ホントは……湊を笑わせたかったけど……」

結雨は、声を震わせて言った。

「泣きたかったら……泣いてもいいよ……？」

「……アホか。俺が……泣くわけねぇーだろ」

結雨に抱きしめられたまま、俺はそっと瞳を閉じる。

今でもまだ、母親に捨てられたあの日を、忘れることはできない。

でも、ベランダに出ると思いだすのは、あの日の記憶だけではない。

毎年のように結雨と花見をして。

くだらないことで笑い合ったり、ふざけ合った記憶もちゃんと思いだす。

あの日、ひとりじゃなくてよかった。

結雨がいてくれてよかった。

母親に振り払われた手を、握りしめてくれた結雨。

だけど、母親がいなくなったあの日から俺は、結雨に冷たい態度を取ったり、わがままを言うようになった。

そんな俺に対して結雨は、まるで、いなくなった母親の代わりになろうとしてるみたいに、俺の世話を焼くようになった。

俺は、結雨に甘えていたのだと思う。

いつしか結雨に対して、素直に優しくできなくなった。

それでも結雨は、いつもそばにいてくれた。

こんな俺の、そばに……。

この場所の思い出は、またひとつ増えていく。

あの日、つぶれた心。

悲しかった思いも、憎しみも。

少しずつ確実に癒えて、薄れていったのは。

そばにいてくれた結雨のおかげだって、ちゃんとわかっている。

「湊……」

「ん……？」

俺の背中を撫でながら、結雨は言った。

「来年もまた一緒に、お花見しよぉね？」

結雨の何気ないその言葉に、目頭が熱くなる。

泣きそうになるのをこらえる俺は、そっけなく答えた。

「気が向いたらな」

俺が結雨の体を離そうとすると、結雨は離れようとせず俺に抱きついたままでいる。

「なんだよ？」

「……まだダメ」

「離れろよ」

「やだ」

「やだって……」

「今、顔見られたくないんだもん……」

結雨は俺にぎゅっと抱きついたまま、俺の服に顔をこすりつけて涙を拭いているようだった。

おまえは泣かなくていいのに。

俺のことで、おまえまで悲しくなるなよ。

「……泣いた顔……見られたくない……」

「俺しかいねぇんだから、いいじゃん」

結雨は俺の服で涙を拭いたあと、俺の体をゆっくりと離した。

自分のために悲しんだり、泣いたりしてくれる人がいるって、きっと幸せなことだよな。

結雨にずっと甘えて冷たくしてきた俺が、今さら優しくするなんて無理だ。

それでも、俺なりに……結雨のことを想っている。

「結雨」

俺は手を伸ばし、結雨の頬に指先でそっと触れた。

結雨は、その大きな潤んだ瞳で、俺を見つめてくる。

「なんか、あたしの顔についてる？」

結雨に顔を近づけた瞬間、スマホの着信音が鳴った。

俺は、結雨の頬に触れていた手を下ろす。

服のポケットからスマホを取りだした結雨は、画面を見つめている。

「二階堂先輩から電話だ……」

「出んなよ」

「え？」

「出んな」

「で、でも……あ、ちょっと！」

俺は結雨からスマホを取り上げて、二階堂からの電話に出た。

「結雨になんか用？　あ？　……じゃーな」

俺は一方的に電話を切って、スマホを結雨に渡した。

「先輩、なんて？」

「べつに何も」

「ホントに？」

「あぁ」

こんな夜に電話してくるなんて、二階堂のヤツ……油断も隙もない。

「先輩からの電話に出ないほうがいいと思う？　それとも三回に一回くらいは出たほうが効果あるかなぁ？」

「そんなにしょっちゅう電話かかってきてんのかよ？」

結雨はコクリとうなずく。

電話越しに二階堂の声を聞いたからか、イライラする。

「勝手にしろ」

「冷たいなぁ」

「いつもと変わんねぇだろ」

俺は、右手を結雨の頭のうしろにまわした。

結雨の瞳をまっすぐに見つめたまま、少し傾けた顔を近づけていく……。

「そ、湊……？」

俺は、キスをする寸前で止めた。

あと数センチで唇に触れるこの距離で、俺はつぶやく。

「……覚悟しとけよ？」

「え？」

「今後アイツの前で、こういうことするかもしんねーから」

そう言ったあと、俺は顔を背けてフッと笑う。

驚いたのか、目を丸くして、キョトンとしている結雨。

「ちょっ……もぉっ！　ふざけないでよっ」

結雨は俺の肩をグーで殴った。

「ホントにキスしたら殴るからねっ⁉」

「するわけねーだろ、バーカ。つーか、もう殴ってんじゃねーか」

「バカっていうほうがバーカっ！」

「あ？　バーカ」

「湊のバカバカバカ……カバっ！　……あれ？　カバ？」

「……アホか」

今さら優しくなんてできない。

俺たちは、今までどおり、これからも過ごしていくはず。

それでも俺は……おまえのこと、大切に想っている。

だけどなんで俺……キスなんてしようとしたんだ？

いや、本気でするつもりなんてなかったけど。

なかった……よな……？

今年も、桜の花びらが散っていく。

あのころの記憶、悲しみとともに。

第二章

気づいた想い、はじまる運命の恋。

思いもよらない事件

【湊side】


俺には、守らなきゃいけない約束がある。

結雨の知らない、ヒミツの約束。

その約束を守るべきときが、来たのかもしれない。

まさか結雨がこんな目に遭うなんて、思いもしなかった。


結雨とベランダで花見をした日から数日後、午後の授業が終わり、事件は起きた。

音楽の授業で音楽室にいた俺たちは、教室に戻るため廊下を歩いていた。

俺は、琥都と快と話しながら歩き、俺らのうしろでは、結雨と奈乃が昨日のドラマの話題で盛り上がっていた。

俺らの教室が見えてくると、教室の前には見覚えのある、うしろ姿。

廊下の向こうへ歩いていく、二階堂だった。

俺がうしろを向くと、結雨は奈乃と話で盛り上がっていて、二階堂の姿には気づいていない。

再び前を見ると、二階堂は階段を上がっていったのか、アイツの姿は見えなくなっていた。

二階堂のヤツ……。

また結雨にちょっかいでも出しに来たのだろうか。

そのとき、音楽室から先に教室へ戻っていたクラスのヤツらが、俺たちのほうに叫びながら走ってくる。

「おい、早く来いっ！　大変だぞっ」

ただならぬ雰囲気に、俺たち五人は急いで教室に向かった。

俺らが教室に駆け込むと、驚くべき光景が目に飛び込んできた。

白いチョークで黒板に大きく書かれた【死ね】の二文字。

それだけじゃなかった。

結雨の机には、黒の太いマジックで【消えろ】と書かれていた。

「音楽室から戻ってきたら、こうなってて……」

そうクラスの数人が話す。

結雨は自分の席の前で、立ちつくしていた。

「誰がこんなことっ」

そう言って快は、両手に黒板消しを持って、黒板の文字を消した。

奈乃は、琥都にぞうきんを持ってくるよう頼み、その間に奈乃は、ポケットから取り出したティッシュで、結雨の机のラクガキをこすりはじめた。

固まったまま動かない結雨の手を掴んだ俺は、そのまま教室を出ていく。

「ちょ、湊ってば！」

俺は結雨の手をしっかりと掴んだまま、廊下を足早に歩いていく。

「どこに連れていくつもり？　あたしも一緒にラクガキ消さないと……」

「アイツらが消してくれる」

「で、でも……」

「いいから……おまえは黙ってついてこい」

あんなもの……これ以上、結雨に見てほしくない。

【死ね】

【消えろ】

全部消し終わるまで、結雨を教室には行かせない。

いったい、誰の仕業だ？

俺は、結雨を連れて階段を上がっていき、少しだけ開いていた屋上の扉を勢いよく蹴った。

屋上にやってきた俺は立ち止まり、掴んでいた結雨の手を離す。

「……大丈夫か？」

俺の言葉に、結雨は無理して笑顔を見せた。

「うん」

「大丈夫なわけねぇよな」

「あんなことされたの初めてだから、ちょっとびっくりしちゃったけど」

結雨は、屋上の柵の前まで歩いていく。

柵にもたれかかった結雨は、小さな声でつぶやいた。

「あたし、なんかしちゃったかな……」

俺は結雨の隣に立ち、少しうつむいた結雨の横顔を見つめる。

「アホ。なんで自分のこと責めんだよ？」

「だって……あんなことされるってさぁ」

「どんな理由だよ？」

「え？」

「誰かのこと傷つけたり、いじめてもいい理由なんてあんのか？」

俺は、遠くの空を見つめた。

「そんな理由……どこにも存在しねぇと思うけど。俺は」

結雨の視線を感じて横を見ると、結雨は俺の顔をジッと見つめていた。

「なんだよ？」

「いや、どの口が言ってんのかと思いまして」

「あ？」

「だってさ、毎晩あたしにマッサージさせてる人がよ？　まさかねぇ。いじめについて語られるとは」

結雨は、ニヤニヤしながら俺に顔を近づけてくる。

「何が言いたいんだよ？　俺はおまえをいじめた覚えなんて一度もねぇけど」

「へぇ〜。昔の記憶とか、ぜーんぶ吹っ飛んじゃったのかしらぁ？」

そう言いながら結雨は、俺の両頬をつねって横に引っ張る。

「おい、コラ。人の顔で遊ぶな」

「ふふっ」

「やーめーろ」

俺は結雨の両手首を掴んで、下に下ろした。

「べつに俺は、おまえの彼氏やめてもいーんだぞ」

「え!?」

「いじめてるとか言われたくねぇし」

「あははぁ〜。今の嘘！　うそうそ、冗談よぉ〜もぉ。今晩も丁寧にマッサージさせてもらいますんで、よろしくお願いしま〜す」

俺の腕に絡みついて、結雨はニコッと笑った。

「ホント、調子いいよな」

目を細める俺は、呆れて結雨を見た。

すると、結雨は真剣な表情に変わる。

「……ありがとね、湊」

「あ？」

「あたしのこと思って、教室から連れだしてくれたんでしょ？」

「どこのクズの仕業か知らねぇけど、くだらねぇことするよな。マジ腹立つ」

「ふふっ」

結雨は俺の腕に絡みついたまま、顔を背けて笑っている。

「なに笑ってんだよ？」

傷ついたくせに。

本当は泣きたいくせに。

俺の前では、無理しなくてもいいのに。

「あたしのために、そこまでムキになってくれるなんて思わなかったから」

「ぜってぇ、おまえは悪くねぇもん」

結雨は、俺の瞳をまっすぐに見つめる。

「なんで言いきれるの？」

「……おまえだからな」

「どういう意味？」

「おまえがどんな人間かは、俺がいちばんわかってる」

結雨は俺の腕をそっと離すと、目を伏せて言った。

「湊……やっぱりあたし、湊のこと好きだわ」

「……アホか」

「ふふっ。照れちゃってぇ」

結雨はニヤニヤしながら人差し指でツンツンと俺の頬をつつく。

「やめろよ、バカ」

「やっぱ持つべきは、彼氏より幼なじみだわ」

「今さら俺のありがたみがわかったのか？」

「まぁねー」

「おまえ、ふざけんなよ」

何のためらいもなく言える、幼なじみ同士の〝好き〟。

昔も、今も。

変わることはない。

俺たちの関係は、これからも……きっと。

ただ俺は、いつだって、結雨の味方でいようと思う。

結雨を絶対に、ひとりにはさせない。

それが、俺の守るべき〝約束〟でもあるから。

「だけど、誰があんなラクガキ……」

「湊のことが好きな女の子の嫌がらせかなぁ？」

「俺のせいかよ？」

「だって、あたしが湊と付き合ってるの、校内で噂になってるみたいだから」

待てよ？

俺は音楽室の帰りに、廊下を歩いていた二階堂のうしろ姿を思いだした。

まさか、二階堂が……？

いや、なんのために？

いくら自分の思いどおりにならねぇからって、元カノにそこまでするか？

でも、思い当たるヤツなんて、ほかには……。

それに、二階堂の姿を見かけただけで、証拠なんて何もない。

そうだ、証拠。

結雨を傷つけた犯人は、絶対に俺が見つけてやる。

屋上から結雨と俺が教室に戻ったときには、黒板と結雨の机に書かれた文字はすでにキレイに消してあった。

結雨は、ラクガキを消してくれた快たちにお礼を言い、心配した様子のクラスメートたちの前でも、いつもと変わらない笑顔で明るく振る舞っていた。

部活がはじまる前、俺は部室の前で二階堂の姿を見つける。

「お、朝霧」

二階堂は俺に笑顔を向ける。

俺は立ち止まり、二階堂を睨みつけた。

「おまえの仕業か？」

俺が尋ねると、二階堂は首を傾げる。

「なんのことだ？」

「午後の授業が終わったあと、俺らの教室に来ただろ。おまえのうしろ姿、見かけたんだよ」

「あー、結雨の顔が見たくなって」

「は？」

「教室にいないみたいだったから、そのまま引き返したけど。会いに行ったら悪いか？」

「とぼけんのも、いいかげんにしろよ？」

二階堂が犯人かと疑ったけど、やっぱり違うのか？

「黒板と結雨の机にラクガキしたのは、おまえじゃねぇのか？」

「俺がなんのためにそんなこと？」

「こっちが聞きてぇよ」

「それより結雨、いじめに遭ってるのか？」

「おまえは心配しなくていい。それよりおまえじゃないっていう証拠出せよ」

「証拠って言われてもね……。教室には入ってないよ」

「え？」

「教室の前で呼び止めた子に、結雨はまだ音楽室から戻ってきてないって聞いて、俺は引き返したからね」

それが、嘘なのか、本当なのか。

二階堂の表情からはわからない。

ラクガキの犯人は、二階堂ではないのか？

「廊下からチラッと黒板の文字は見たよ。でも結雨に向けたものだとは思わなかったし、結雨の机にまでラクガキがあったことは気づかなかった。教室には入らなかったからな」

もしこれが事実だとしたら、二階堂が俺らの教室の前に来たときには、すでにラクガキがされていたことになる。

音楽の授業中に、ラクガキされたってことか？

「結雨は大丈夫？　俺が慰めてやろっか？」

「ふざけんな」

「弱ってるときに優しくして、結雨を俺に奪われるのが怖い？」

二階堂は俺の肩を抱き寄せ、ニヤッと笑う。

「本当に、おまえが犯人じゃねぇんだな？」

「信じるも信じないも朝霧の自由だけど？」

俺は二階堂の腕を振り払う。

「クラスには、それらしい犯人いないのか？」

「は？　うちのクラス？」

「いじめって、クラスメートの割合がほとんどだからな」

うちのクラスで、結雨に恨みを持つ人間なんているのか？

「カバン、部室に置いといて」

そう言って俺は、自分のカバンを二階堂に向かって放り投げる。

「おい、一応先輩だぞ？　俺は。朝霧っ。どこ行くんだ？」

「うっせーな、部活がはじまるまでには戻る」

俺は自分のクラス、二年三組の教室へと向かった。

二階堂が俺らの教室に来たときには、すでにラクガキされていたとしたら。

ラクガキされたのは、いつだ？

もし、仮にクラスメートが犯人だとしたら。

いったい、いつ？

音楽の授業が終わって、最初に教室に戻った人物が犯人か？

いや、次々とクラスメートたちが教室に戻ってくるのに、リスクが大きすぎる。

音楽の授業がはじまる前か？

音楽の授業の前、俺はトイレに行ったあとで教室に戻り、教科書などを持ってひとりで音楽室へと向かった。

あのとき、まだ黒板にも結雨の机にも、ラクガキはされていなかった。

教室にはまだ何人かのクラスメートが残っていた気がするけど、誰が残っていたのかはハッキリと覚えていない。

ラクガキされたのは、俺が教室を出たあとだ。

二年三組の教室前の廊下で、クラスの女子ふたりが立ち話をしていた。

「あれ？　湊くんだぁ」

俺は、女子ふたりの前に立った。

「あのさ、聞きてぇことあんだけど」

「うん、どしたの？」

「音楽の授業の前、最後に教室を出たヤツって誰かわかる？」

「最後に教室出たのって……うちらだよ？　休み時間ギリギリまで雑誌見てて。ね？」

「うん。たぶん、うちらだった気がする」

すると、ひとりの女子が何かを思いだしたように、胸の前で手をパンッと合わせた。

「あ、違ったわ。忘れ物したって言って、戻ってきたよね？」

「え？　あー、そうだったね」

忘れ物？

教室に戻ってきた？

「誰が？」

「琥都くん」

「え？　琥都？」

俺が聞き返すと、ふたりはもう一度大きくうなずいた。

「琥都と一緒に、おまえらが教室出たのが最後か？」

「ううん。うちら先に教室出たから、琥都くんが最後だったと思うけど？」

音楽の授業の前、教室を最後に出たのは琥都だった。

でも、琥都が犯人なわけないよな。

結雨に恨みを持つ人物、いったい誰なんだ？

「湊くん、なんでそんなこと聞くの？」

「いや、べつに。さんきゅ」

そのとき、ちょうど教室から出てきたクラスの男子が、俺の肩にぶつかった。

「あ、わりぃ！　湊」

肩がぶつかったのに、相手はなぜか手で腹のあたりをさすっている。

「どした？」

「腹痛くてさぁ」

「うんこか？」

「声でけぇよ！　じゃーな」

そいつは、トイレのほうに走っていった。

……そういえば、思いだした。

音楽の授業中、快はトイレに行くと言って音楽室から抜けだした。

トイレのわりには、ずいぶん時間がたってから戻ってきたけど、本当にトイレだったのだろうか。

仮に快が嘘をついて、トイレではなかったとしても……。

快が犯人なんてことは、ありえない。

だけど、話だけでもあとで聞いてみよう。

俺は、ついでに教室の中を覗いた。

教室には、クラスメートが数人、残っていた。

その中には、自分の席に座って、何かを書いている奈乃がいた。

「奈乃」

俺が呼ぶと、奈乃はビクッと肩を跳ねさせた。

顔を上げた奈乃は、笑顔を見せる。

「急に呼ばれたから、びっくりしたよぉ」

「わりぃ。脅かすつもりじゃなかった」

「湊くん、部活は？」

「あぁ、これから行く」

奈乃の席の横に立つと、奈乃は机の上で学級日誌を書いていたところだった。

「今日は琥都と一緒に帰らねーの？」

「琥都は、用事があるみたいで、先に帰ったよ」

「ふーん」

「日誌も書き終わったから、奈乃も帰るね」

そう言って奈乃は、カバンと日誌を持って席を立ち上がった。

「バイバイ、湊くん」

「じゃーな」

奈乃は俺に手を振りながら、教室を出ていった。


俺の、気のせいだろうか。

日誌を書いていたとき、ペンを持つ奈乃の手が少し震えていた気がする。

奈乃の机の中に、一冊のノートが見えた。

「奈乃のヤツ、忘れてったのか？」

そのノートを取りだすと、数学のノートだった。

数学って、たしか課題が出ていたはず……。

奈乃のことだから、もう課題が終わっているのかもしれない。

もしそうなら、ノートを借りて帰ろう。
俺は何気なくパラパラとノートをめくった。
驚いた俺は一瞬、自分の目を疑った。
「なんだこれ……」
ノートの最後の一ページは、ある文字が連続して書かれて埋まっていた。
【消えろ　消えろ　消えろ……】
その黒い文字は、微かに震えているようにも見える。
俺はノートを閉じ、奈乃の机の中に戻した。
「これ……どういうことだ？」
結雨の机にラクガキされた言葉も【消えろ】だった。
奈乃も、結雨と同様……誰かにラクガキされたのか？
それとも……。
いや、そんなわけない。
奈乃が犯人なんてこと、絶対にあるわけない。
琥都も、奈乃も、快も。
あの三人に、結雨を傷つける理由なんてない。
何より結雨のラクガキだって、真っ先に消してくれた。

アイツらは、そんなことするヤツではない。

それにしても、奈乃のノートに書かれていた【消えろ】の文字は、いったい……。

どうやって犯人を見つける？

本当に、うちのクラスの誰かの仕業なのか？

二階堂の言葉が頭をよぎる。

『弱ってるときに優しくして、結雨を俺に奪われるのが怖い？』

まさか二階堂は、それが狙《ねら》いとか？

そうだとしたら、奈乃のノートに書かれた文字は？

二階堂の仕業ではないよな。

「あーっ！　くっそ」

黒板と結雨の机にラクガキをした犯人と、奈乃のノートに文字を書いた犯人は、同一人物なのか？

それとも別々の犯人なのだろうか。

どうやって犯人を見つけたらいいのか、わからなかった。

謎の手紙

ゴールデンウィークが明けてから、学校に行くのが少し不安だった。

教室の黒板に【死ね】と書かれて、机には【消えろ】とラクガキされたあの日。

あれ以来、何も問題は起きていないけど、ラクガキした犯人はわからないまま時間は過ぎていった。

湊だけじゃなくて、奈乃も琥都も快も。

クラスのみんなも心配してくれて、あたしは落ち込まずにいられた。

なんで、あんなことをされたのだろう。

いくら考えてみても、全然わからなかった。

でも、あたしはもう忘れようと思ったんだ。

そう思ったのに……。

終わったわけではなかった。

事件は、放課後に起きた。

——キーンコーン、カーンコーン。

下校時刻のチャイムが鳴り、教室や廊下は一気に騒がしくなる。

「湊、部活頑張ってね」

「おー」

湊はいつもどおり、部活へと向かった。

今日の放課後は、奈乃、琥都、快、あたしの四人で、ボーリングをしに行くことになっている。

「結雨、行こーぜっ」

そう言ってカバンを持った快と、手を繋いでいる琥都と奈乃が、あたしの席の前に立った。

「あたし、ちょっとだけ用があるから、下で待っててくれない？」

「用って？」

そう言って奈乃は、首を傾げた。

「じつはさ、これ……」

あたしは手に持っていた白い手紙を、奈乃に渡した。

奈乃がその手紙を広げて読むと、琥都と快も横から手紙を覗き込む。


【一色結雨さんへ。

話があるので、今日の放課後に学校の裏庭へ来てください】

「誰から？」

奈乃の問いに、あたしは首を横に振る。

「それがわかんないの。体育のあと、この手紙が机の中に入ってて」

「それ、もしかして告白じゃねーのー？　ヘイヘイヘーイ」

ひとりで盛り上がる快。

すると、琥都がボソッとつぶやいた。

「告白？　そいつ、結雨が湊と付き合ってること知らないのかな？　これだけ噂になってるのに」

「とにかく行ってくるね。みんなは下で待ってて。あとでねっ」

そう言ってあたしは、三人に手を振って教室を出た。

謎の手紙。

誰から？

話ってなんだろう。

あたしがひとりでやってきたのは、学校の裏庭。

誰もいない、静かな場所だ。

花壇には、デイジーやニチニチソウなど、色とりどりの花が咲いている。

あたしは手紙を握りしめたまま、キョロキョロとあたりを見まわした。

こんなひと気のない裏庭に呼びだすなんて、どんな話だろう。

まさか……快が言っていたように、誰かに告白されるとか？

「なんか急に緊張してきちゃったじゃん……」

手紙を制服のポケットの中にしまったあたしは、校舎の壁に寄りかかって手紙の差出人を待つ。

だけど、しばらくそこで待っていても人が来る気配はなく、手紙は、ただのイタズラだったのではないかと思いはじめていた。

もう少しだけ待ってみて誰も来なかったら、帰ろうと思った。

このあと一緒にボーリングに行く奈乃たちを、待たせているのも気がかりだった。

「ふぅ」

校舎の壁にもたれて立っているあたしは、ため息をついて自分の足元を見つめる。

つま先で、サラサラした地面の土をトントンと、撫でた。

手紙は、本当にただのイタズラだったのかもしれない……。

そのときだった。

――バッシャーーン！
いきなり上から大量の水が降ってきて、あたしは全身ずぶ濡れになった。
「……つめ……た……」
濡れた手で目元を拭い、すぐに校舎のほうを見上げた。
校舎の二階の開いた窓から、ブリキのバケツが引っ込むのが見えた。
誰かがあたしに、わざと水をかけたんだ。
犯人の姿までは見えなかった。
いったい、誰の仕業？
誰がこんなこと……。
この手紙は、あたしを呼びだすための罠《わな》だったの？
もしかして、これもラクガキした人と同じ犯人？
なんであたしが……こんな目に遭わなきゃならないの？
あたし、何かした？
髪や顔、服から水滴がポタポタと地面に落ちていく。
「どぉしてこんな……」
涙が込み上げてきて、息をするのさえも苦しくて。
その場から動くこともできずに、水滴が落ちていく地面を見つめていた。

ブレザーのポケットの中でスマホが振動していることに気づく。

スマホを見ると、画面には奈乃の名前。

電話に出ると、奈乃の声が聞こえた。

《あ、結雨ちゃん？　まだ来ないのかなーと思って電話したんだけど……》

あたしはスマホをぎゅっと握りしめる。

「……っ」

声にならない声が、口から漏れた。

《結雨ちゃん？　もしもーし？　聞こえてる？》

スマホを持つ手が震えて、あたしはその場にしゃがみ込む。

「……っ……奈乃……」

震える唇。

喉の奥から絞りだしたような声で、助けを求めた。

「奈乃……っ、助けて……」

《結雨ちゃん!?　泣いてるのっ!?》

「……うう……うっ……」

《結雨ちゃん、今どこ!?》

「……っく……裏庭……」

《待ってて、すぐに行くから》

電話は切れた。

冷たくて、怖くて、体の震えが止まらない。

あたしがその場にうずくまっていると、すぐに奈乃たちがやってきた。

「結雨ちゃんっ」

「結雨っ」

奈乃と琥都の叫ぶ声が聞こえて、あたしはゆっくりと顔を上げる。

「結雨……っ⁉」

快と一緒に三人で、こっちに向かって走ってくる。

息を切らして駆けつけてくれた三人の姿を見たら、少しだけ安心した。

「なんで、びしょ濡れなんだよ？　何があった？」

そう言ってあたしの前にしゃがみ込んだ快は、あたしの顔を覗き込む。

「結雨ちゃん？」

「結雨」

奈乃も琥都も、心配そうにあたしを見つめる。

「ごめんね。今日あたし……みんなとボーリング行けないや……」

あたしが泣きながら言うと、琥都が自分の来ていたブレザーを脱ぎ、あたしの背中にかけてくれた。

「そんなのはどうだっていいんだよ。結雨、何があった？」

「琥都のブレザー濡れちゃう……」

「平気だから」

「ごめんね……琥都……」

「ゆっくりでいいから話して？　結雨ちゃん」

そう言って奈乃は自分のカバンからタオルを取りだして、あたしの濡れた顔や髪を拭いてくれた。

「手紙のとおりに裏庭で待ってたんだけど……誰も来なくって……」

あたしは胸のあたりをぎゅっと掴んで、ゆっくりと話す。

「そしたら、いきなり上から水が……降ってきて……」

奈乃は、あたしの顔を今にも泣きそうな瞳で見つめる。

「結雨ちゃんが、どぉしてこんな目に遭うの？」

奈乃のタオルを持つ手が、かすかに震えていた。

「誰の仕業だ？」

怒りに満ちあふれた、琥都の声。

「わかんない……」

そうあたしが答えると、琥都は背を向けて立ち、空を仰いだ。

「くっそ、誰がこんなこと……」

すると、快がボソッとつぶやく。

「きっと、前にラクガキしたヤツと同じ犯人だな」

「本当に誰がやったのか、わかんないの？」

奈乃の言葉に、あたしは小さくうなずく。

「……バケツしか、見えなくて」

「結雨ちゃん、とりあえず教室に行ってジャージに着替えよ？　風邪引いちゃうから、ね？」

そう言った奈乃の瞳には、涙があふれていた。

「うん、ごめん……ありがと」

「結雨ちゃん……」

奈乃は声を震わせ、あたしの肩を抱き寄せた。

ありがとう。

みんながいてくれて、本当によかった。

どうしてラクガキされたのか。

どうして水をかけられなきゃいけないのか。

あたしの机に手紙を入れたのは誰なのか。

犯人もわからないし、本当は今も怖くてどうしようもない。

だけど、負けない。

人を傷つけても平気な人間になんか、絶対に負けたくない。


ジャージに着替えたあたしとみんなは、そのまま教室でトランプをしたりして遊んでいた。

湊の部活が終わる時間になり、あたしたち四人は昇降口の階段に座って、湊がやってくるのを待つ。

バスケ部の人たちが、ちらほらと体育館から出てきた。

すると、湊があたしたちに気づいて、こっちに向かって足早に歩いてくる。

「湊ちゃーん、おつかれ～」

快が明るく迎えると、湊は不思議そうな顔であたしたちの前に立った。

「おまえら、どーした？」

「湊のこと待ってたんだよっ」

あたしは階段を下りて、湊の前に立つ。

「なんで結雨、ジャージなの？　つか、四人でボーリング行くんじゃなかったのかよ？」

「あ〜湊ってば、自分だけ仲間はずれにされて、根に持ってるんでしょー？」

あたしはニヤニヤしながら、湊のお腹を人差し指でツンツンする。

「は？　ちげーし。こっちは部活だっつーの」

「聞いてよ。あたし大変だったんだから。いきなり上から水かけられて……」

「は？　水？」

「うん。校舎の窓から」

「なにボーッとしてんだよ。アホか」

「違うよぉ。呼びだされて、わざと水かけられたのっ」

「誰に？」

「わかんない」

そのとき、二階堂先輩が、あたしたちのそばを通りかかった。

二階堂先輩と一瞬目が合ったけど、あたしはすぐに視線をそらした。

何も言わずに先輩は通りすぎ、あたしは先輩のうしろ姿を見つめる。

そのとき、うしろから女子の大きな声が聞こえた。

「理央ーっ！　待ってよぉーー！」

二階堂先輩を下の名前で呼び、先輩の元へと駆け寄っていくのは……女子バスケ部の三年生。

あの人だ……。

あの日、保健室で二階堂先輩とキスをしていた人。

ズキンッと、胸の奥が痛む。

ふたりが並んだうしろ姿を見つめていると、二階堂先輩が振り返ってあたしのほうを見た。

すると、先輩は柔らかな表情で、あたしの名前を呼んだ。

「結雨っ」

あたしの名前を。

今もそうやって先輩は、優しい声で呼ぶ。

付き合っているときは、先輩に名前を呼ばれるたびに胸の奥が温かくなって、うれしかった。

だけど、今はもう。

名前を呼ばれるだけで苦しくなる。

「バイバイ」

先輩は、あたしに手を振ったあと、あの人と一緒に帰っていった。

「結雨」

隣にいた湊の声が聞こえて、ハッとしたあたしは湊の顔を見る。

「なんでそんな顔すんだよ？」

あたし、どんな顔してる？

「二階堂先輩の浮気相手……あの人なの」

「は？」

「先輩の隣歩いてる、黒髪の人」

「……来瞳先輩？」

あの人の顔は、何度か見たことがあった。

でも名前までは知らなかった。

先輩と付き合っていたころも、先輩の女友達のひとりだと、とくに気にしてはいなかった。

あの日、保健室で先輩とキスをしている彼女を見るまでは――。

「あの人って、女子バスケ部の人だよね？」

「あぁ。来瞳深珠」

……来瞳深珠。

湊のおかげで、彼女の名前を知った。

彼女のことを知りたいと思う気持ちと、知りたくないと思う気持ちで、複雑だ。

「来瞳先輩って、どんな人？」

「さぁな。俺もよくわかんね」

思いだしたくなくても、一瞬でよみがえってくる。

保健室での、あの光景。

「確かに二階堂とは昔から仲いいみてぇだけど。二階堂の元カノっていう噂もあるし」

「元カノ……」

別れたあとも、あたしと付き合っている間も。

ふたりの関係は、続いていた。

「おまえ……大丈夫か？」

湊の瞳を見て、あたしは小さくうなずく。

先輩に恋をしていたあたしの〝好き〟という想いは、あの日、先輩に裏切られて、どんな形に変わったのだろう。

付き合っていたころの、純粋な〝好き〟ではないことに、自分でも気づいている。

あたしの心の中、この感情はなんなのだろう？

憎しみ？

悲しみ？

嫉妬《しっと》？

それとも……。

その日の夜遅く。

あたしは自分の部屋の電気を消して、ベッドの上に横たわっている。

だけど、眠れそうになかった。

瞳を閉じると、今日の放課後のことを思いだしてしまう。

水をかけられて、全身びしょ濡れになったこと。

先輩とあの人のうしろ姿も……。

いきなり部屋のドアが開いて、あたしは起き上がった。

「だからさぁ、何度も言うけど、いきなり部屋に入ってこないでよ」

部屋にやってきたのは、湊だった。

「寝てたのか？」

「寝ようとしてたとこ」

「マッサージ、頼むわ」

湊はあたしのベッドの上に横になった。

「悪魔だね。こんな日にまで、あたしにマッサージさせるなんて」

「約束は守ってもらわねぇと」

あたしは、湊の体の上に跨《またが》り、親指で湊の背中を力強く押していく。

マッサージをはじめて数分後、湊がいつのまにか寝ていることに気づいた。

「あたしのベッドなんですけどぉ」

湊の体を揺すっても、起きる気配がない。

マッサージをやめて、あたしは湊の隣に横になった。

湊の顔を見つめる。

不思議……。

さっきまで今日のことを思いだして眠れそうになかったのに、湊が隣にいてくれるおかげなのか安心する。

瞳を閉じても、怖くなかった。

その日は、湊の隣で眠りについた。


カーテンの隙間から差し込む白い光に、朝だと気づく。

同じベッドで、隣に寝ていたはずの湊の姿はなかった。

部屋のドアが開き、お母さんがニコッと笑う。

「結雨、お母さん仕事に行くわね」

「うん。いってらっしゃい」

あたしはベッドの上から、お母さんに手を振る。

「湊のこと起こさないと……」

「あら、湊くんならもう学校行ったわよ？」

「えっ⁉　もぉ学校行ったの？　なんで？」

「湊くんからは何も聞いていないけど」

バスケ部の朝練でもあるのだろうか。

朝は苦手な湊が、こんな朝早くに出かけるなんて驚きだ。


——だけど、湊はバスケ部の朝練ではなかった。

それから一週間。

あたしが朝起きるころには、すでに湊は家を出ていた。

けれど、先に学校へ行ったはずの湊の姿は教室にはなく、毎朝どこへ行っているのかと湊に聞いても、はぐらかされるだけだった。

俺が守る

【湊ｓｉｄｅ】


これでよかったのだと、何度も自分に言い聞かせていた。

最初は、こんな気持ちになるなんて予想もしていなかった。

結雨の知らない、あの約束を。

ただ、守ろうとしただけだった。

心の奥に閉じ込めておきたかったのは、今まで大切にしてきたはずのものが、壊れてしまう気がしたから――。


結雨が水をかけられた日から、一週間以上がたった。

黒板や机にラクガキした人物と、きっと同じ人物の仕業だろう。

何が目的なのか、なんで結雨を傷つけるのか。

犯人は、俺が必ず捕まえる。

あれだけのことを結雨にした。

このまま終わる気がしない。

放課後は俺も部活があって、自由に動けない。

だから俺は、朝早くに家を出た。

見張っていれば、運よく犯人が見つかるかもしれない。

じつを言えば、犯人ではないかと疑っている人物が、ひとりだけいる。

でも、確実な証拠は、まだひとつもない。

今日も俺は、朝早くに学校へ来た。

まだ誰もいない朝の教室を見張り、クラスメートが何人か登校してきたら、一階にある下駄箱の見張りへと移動した。

机、ロッカー、下駄箱……せめて、結雨の持ち物が狙われないように見張りを続けている。

下駄箱から少し離れたところ、俺は柱のうしろに隠れて見張っていた。

犯人が姿を現せばいちばんいいけど、証拠が欲しい。

言い逃れできないような、確実な証拠。

ラクガキされたあの日……。

俺たちのクラスは音楽の授業で、教室には誰もいなかった。

クラスの女子ふたりの証言から、音楽の授業の前に最後に教室を出たのは、忘れ物を取りに戻ってきた琥都だと判明した。

琥都にそのことを聞くと、確かに教室を出たのは最後だったと話していた。

そのときはまだ、教室のラクガキはされていなかったとも言っていた。

そして、音楽の授業中、トイレと言って抜けだした快にも、話を聞いた。

トイレにしては、ずいぶん長いこと戻ってこなかった快。

快はトイレに行ったあと、ある行動をとっていた。

音楽室に戻る途中、廊下の窓から中庭に迷い込んだノラ猫を見つけたらしい。

重要な証言は、ここだ。

中庭で猫とじゃれていた快が、何気なく二年三組の教室のほうを見ると、誰もいないはずの教室で、ある人物の姿を見たような気がしたと。

でも姿を見たのは一瞬で、見間違えたのかもしれない……犯人だとハッキリ言える自信はないと、快は言った。

俺たちが音楽の授業から戻ったときには、教室の前で二階堂の姿を見つけた。

二階堂の話では、二階堂が俺らの教室にやってきたときには、すでにラクガキがされていて、うちのクラスのヤツらが騒いでいたと。

これらのすべてが本当の話だとすると、ラクガキは、琥都が教室を出たあと、音楽の授業が終わる前に書かれたことになる。

快の証言。

犯人がその人物であれば、その人物も授業を抜けだしていたことになる。

そこで俺は、保健室にある名前の記録を見た。

その人物は、ちょうどその時間帯に保健室に来ていることがわかった。

その人物が保健室に行く前、または保健室に行ったあと、ラクガキをした可能性もあるのではないかと俺は疑いはじめる。

でも、その人物が犯人だとすると〝あのノート〟との関連が結びつかない――。

「湊くん、何してるの？」

振り返ると、そこに立っていたのは奈乃だった。

「脅かすなよ……」

「ふふっ。ごめん」

「学校来るの早くね？」

「うん。朝早く目が覚めたから。湊くんは？　こんなとこで何してるの？」

「まぁ……いろいろ」

「いろいろ？　最近、結雨ちゃんと一緒に登校してこないけど、どぉして？　ケンカしたわけでもなさそうだし」

「なぁ、奈乃」

「なぁに？」

なんとなく聞きづらくて、なかなか聞けずにいた。

だけど、ちょうどよかった。

あのノートのことを聞こう。

「奈乃に聞きたいことがある」

結雨がラクガキされたあの日、奈乃の机の中にあったノートを偶然見てしまった。

数学のノートの、最後のページ。

震えた黒い文字で書かれた、いくつもの【消えろ】という言葉。

結雨と同じように、奈乃も誰かに嫌がらせをされているのだろうか。

だとしたら奈乃は、どうして俺らに何も言わずに黙っているのだろう。

俺が疑っている人物が犯人だったとしたら、結雨とは関連がある。

だけど、どうして奈乃にまで……？

それとも、結雨を傷つけている犯人と奈乃のノートの件は、またべつの問題なのだろうか？

「湊くん？　何？」

「いや、やっぱいい」

どうして俺は、あのことを聞けないのだろう。

奈乃の顔を見ると、ためらってしまう。

聞いてはいけない、なぜかそんな気がする。

「湊くん、もしかして……」

奈乃は何か思いついたように、胸の前でパンッと手を合わせた。

「結雨ちゃんにひどいことした犯人を捕まえようとして、毎朝ここで見張ってるとか？」

「ん……まぁ」

「カッコいい〜！　さすが結雨ちゃんの彼氏っ」

奈乃は、俺の背中を軽く叩いた。

「普段はクールなフリしてても、やっぱり結雨ちゃんのこと大切に想ってるんだね」

いや、偽物の彼氏だけど。

結雨の復讐に付き合わされているだけだ。

そうだ、この復讐が終われば、俺は結雨の彼氏ではなくなる。

ただの幼なじみに、戻るんだ。

「今んとこ全然、犯人らしき人物は現れないんだけどな」

「そっか……」

「あぁ。でも何もしねぇよりは……」

「……シッ！」

奈乃が口元の前で、人差し指を立てる。

「湊くん……誰か来たみたい……」

柱のうしろに隠れた俺たちは、そっと様子を見る。

下駄箱に、ひとりの生徒がやってきた。

ただ登校してきたのかと思ったけど、キョロキョロとまわりを見たりと、明らかに様子がおかしい。

「俺、近くに行って見てくる」

「奈乃も行くよ」

「いや、ここにいろ」

俺は足音を立てないよう、静かにそっと……背を向けている生徒の元へと近づいていく。

「何してんだ？」

俺の言葉に肩をビクッとさせた生徒は、手に持っていた物を床に落とした。

――カチャン。

床に落ちたのは、ハサミだった。

俺は、背を向けたままの生徒の左肩を掴み、俺のほうに体を向けさせる。

ハサミを持っていた手ではない、もう片方の手には、ハサミで切り刻まれた上履き。

それは、結雨の上履きだった。

……やっぱり、思ったとおりだった。

快の証言。

あの日、姿を見たかもしれないという人物。

保健室の名前の記録も、これで間違いない。

「先輩だったんすね。今までのも全部、先輩が……」

怒りで震える俺の声。

――犯人は、来瞳深珠だった。

「結雨になんの恨みがあんだよ？」

結雨の上履きをその場に落として逃げようとした先輩の腕を、俺はとっさに掴む。

「逃がすわけねぇだろーが」

「離してっ」

「じゃあ言えっ！　なんでこんなことすんだよっ」

「痛いんだけど」

「結雨のこと傷つけやがって。ちゃんと話すまで、どこにも行かせねぇかんな」

「……頼まれたのよ。やれって」

「あ？　誰に？」

「朝霧くんのことを好きな女の子たちに。彼女がムカつくからって」

俺はジッと先輩の目を見る。

「へー。そいつらの名前は？」

「……さぁね。知らない」

「嘘つくなら、もっとまともな嘘つけよ。バレバレだっつーの」

先輩は、大きなため息をついた。

「なんであんなことした？　結雨にどんだけひどいことしたか、わかってんのか？」

俺は、怒りをこらえるのに必死だった。

「あの子が嫌いなの」

「あ？」

「存在がウザいの。ホント消えてほしい。それだけ」

「結雨が先輩に何したっつーんだよ？」

先輩は黙ったまま何も答えない。

結雨と来瞳先輩の繋がりは、アイツ……二階堂しかない。

「二階堂が関係してんのか？」

「さぁ？」

「それしかねーだろっ！　ちゃんと答えろよっ」

「ふふっ。ムキになっちゃって。あの子の彼氏だもんね。心配？　朝霧くん、かぁわいっ」

「ぶっとばすぞ、おまえ」

男だったら、殴り飛ばしてやるのに。

「まさか、二階堂とグルで結雨に嫌がらせしたのか？」

「想像力、豊かなのね。残念ながらハズレ」

「先輩ひとりでやったんだな？」

「だったら何？」

先輩の開き直った態度に、余計に腹が立つ。

「そもそも、結雨が二階堂と付き合ってるときに浮気してたのは、あんただろーが」

「浮気ねぇ」

「なんであんたが結雨に嫌がらせすんだよ？　浮気されて傷ついたのは結雨のほうなんだぞ？」

結雨がどんな想いで、どれだけ泣いたか。

「言いたいことは、それだけ？」

「……先輩、二階堂が好きなのか？」

俺の質問に、先輩は落ちついた口調で答える。

「そうよ。理央が好き」

「だったらなおさら、おかしな話だろ。結雨はもう二階堂と別れたんだぞ？　結雨にかまわず、二階堂と勝手に仲良くやってろよ」

「そうしたかったけど……あの子が邪魔した」

「は？」

「理央は……最初から私のものだったのに」

「どーゆーことだよ？」

「あの子がいなきゃ、うまくいってたのに」

意味がわからない。

「理央が初めて付き合った相手は、私だったの！」

来瞳先輩が、二階堂の元カノだという噂は、前から聞いていた。

「それで？　あんた、二階堂に振られたのか？」

「理央と付き合ってた当時、私は二コ上の先輩が好きだった」

「は？　二階堂と付き合いながら、ほかのヤツが好きって……二股《ふたまた》かけてたのかよ？」

どいつもこいつも、最低な人間ばかりだ。

「その当時は、理央のこと……べつに好きじゃなかった」

「好きじゃねぇなら、なんで二階堂と付き合ってたんだよ？」

「……寂しかったからかな」

俺は呆れて言葉も出なかった。

寂しいから付き合うって、なんだよ？

女って、本当に意味不明だ。

「当時、好きだった先輩とはうまくいかなくて。遊ばれてるってわかってても嫌いになれなくて……連絡が来れば会いに行った。理央にバレないように」

「んで、結局は二階堂にバレたと」

「一途に想ってくれていた理央を、傷つけちゃった」

あの二階堂でも、来瞳先輩には一途だったのか。

「私と別れたあと、理央は次から次へといろんな女の子と付き合うようになった」

二階堂があんなふうになったのは、初恋の相手に裏切られたせいだったわけか。

だからって同情する気持ちなんて、これっぽっちもない。

「でも、ほかの子と付き合っても、理央はずっと私を好きでいてくれた」

「それで別れてからも関係を続けてたのかよ？　自分の寂しさ埋めるために、二階堂の気持ち利用して……」

「理央はずっと私のものだったのに……なのに、あの子と別れてから……」

「結雨と別れてから？　なんだよ？」

「理央は、あの子のこと本気で好きになったみたい」

傷つけたくせに、今さら本気だなんて遅いんだよ。

「先輩は、いつ二階堂のこと好きになったんだよ？　最初は寂しかっただけなんだろ？」

「理央の心変わりに気づいたとき、自分の気持ちに気づいた」

つまり、二階堂は結雨を失ってから自分の本当の気持ちに気づいた。

来瞳先輩もまた、二階堂の気持ちが自分から離れたことで、自分の気持ちに気づいたってことか？

「めんどくせぇこと、やってんじゃねーよ」

結雨への嫌がらせは、二階堂の心変わりに気づいてしたのか。

「あの子が嫌いなの。ホント、消えてほしい」

「結雨は何も悪くねぇだろ。八つ当たりしてんじゃねーよっ」

「あの子が笑ってるだけで、ムカつくの。だって大嫌いなんだもん。しょーがないじゃないっ」

理不尽な言い分に、俺は声を荒げる。

「嫌いな人間には何してもいいのかよ？　傷つけてもいいのかよ？　ざけんなっ」

俺は、強く拳《こぶし》を握りしめる。

「今までどんな人生歩いてきたんだよ？　なんでも自分の思いどおりになんなきゃ、そうやって誰かを傷つけてきたのか？」

「フッ……」

「笑うとこじゃねーけど」

「何キレイごと言ってんの？　みんな自分がいちばん大切に決まってんじゃん」

「自分が大切だからって、人のこと傷つけていい理由になんねぇだろ」

「誰に向かって説教してんの？」

先輩は俺の胸ぐらを掴んで、下から睨みつけてくる。

「先輩は、自分のことしか考えてねぇんだよ」

「さっきから言ってるじゃない。みんな自分が大切なの」

「自分を大切にするって、自分と関わる人間も大切にするってことじゃねーのかよっ」

「どんだけ純粋なわけ？　朝霧くんに私の気持ちなんか、わかるわけないっ」

「わかんねーよ。わかりたくもねーよっ」

「あの子のこと、ちゃんと捕まえててよ……」

俺の胸ぐらを掴んだまま、先輩は泣きそうな声でつぶやいた。

「理央が本気出したら、あの子……絶対に揺れる」

そうかもしれない。

結雨は、二階堂を嫌いになったわけではない。

今でも、きっと……二階堂のことが好きなはずだ。

浮気されて、傷ついたくせに。

あんなにひどい男でも、結雨は……。

「アホか。結雨は今、俺の彼女なんだよ。先輩も知ってんだろ」

「あの子、理央と私の関係を知って別れたんでしょ？　朝霧くんのこと、あの子が本気で好きだとでも思う？」

「何が言いたい？」

「昔の私と同じだと思うよ？　あの子だって理央と別れて寂しいから、朝霧くんと付き合ったんでしょ？」

わかっている。

俺は、結雨の復讐に利用されているだけだ。

「理央だって、それくらいわかってる。だからきっと、あの子のこと簡単にあきらめない」

「関係ねぇよ。結雨はアイツのとこ戻る気なんて、ねぇんだから」

結雨の強がりだと知っていたけど、それでも信じていた。

まだ気持ちを残したままでも、二階堂のところには二度と戻らないと。

「よく聞け。今後もし結雨に何かしたら、ぜってぇ許さねぇから」

「ごめんね？　約束はしない主義なの」

「そーか、わかった。だったら……」

俺は少しかがんで、先輩に目線を合わせる。

「なに？　理央に告げ口でもするつもり？　そんなことしたら……」

「しねぇよ」

「え？」

結雨のことは、何がなんでも。

「俺が守ってみせる」

それが、約束だから——。

復讐の行方

【湊side】

部活が休みの日。

学校から帰ってきた夕方、家に結雨とふたりきりでいた。

リビングのソファに座ってテレビを見ている俺と、隣でさっきからスマホをジッと眺めている結雨。

またいつものように、ケータイ小説でも読んでいるのだろう。

そのとき、結雨のスマホが鳴った。

「電話、出ねぇの？」

結雨は、無言でジッと俺の顔を見る。

「誰から？　二階堂？」

「うん。さっきから何回か着信あって。急用かな？」

「おまえに急用なんてねぇだろ。出んな」

「うん……」

「それとも俺が出てやろーか？」

「いいっ。大丈夫」

二階堂が本気になりはじめていることを、結雨が知ったら……。

結雨は、本当に復讐を終わりにするのだろうか。

復讐のゴールは、『二階堂を本気にさせて、こっぴどく振ってやること』だと言っていたけど、あれはきっと強がりだ。

「ねぇ、湊」

「ん？」

「今、二階堂先輩からメールが来て、先輩……熱があって具合悪いんだって」

「だから？」

「家の人、誰もいないみたいだから、あたしちょっと様子見てくる」

「アイツに呼びだされたのか？　ほっとけよ」

「夕飯の時間までには帰ってくるから。お母さんが帰ってきたら伝えておいて」

結雨は着替えるために、自分の部屋に入っていった。

具合が悪いなんて、二階堂の嘘に決まってる。

結雨を呼びだすための口実だろう。

どうしてそんな簡単に、騙されるのだろうか。

「じゃあ行ってくるね」

着替えて部屋から出てきた結雨の腕を、俺は掴んだ。

「行くな」

行かせたくない。

「心配なんかしてんじゃねーよ。おまえ、アイツに復讐すんだろ?」

「それとこれとは、べつでしょ? 具合が悪いんだよ? ほっとけるわけないっ」

真剣な表情で、結雨は俺を見つめる。

そんな顔されたら、どうにもできない。

「……勝手にしろっ」

俺は結雨から視線をそらし、掴んでいた結雨の腕を離した。

「湊? どうしたの? なんかヘンだよ」

ヘン?

どこがだよ。

ヘンなのは、おまえのほうだ。

「アイツの家なんか行って、何かされても俺は知らねぇかんな」

「何かされてもって……。先輩の様子少し見てくるだけだよ。すぐ帰ってくるってば」

「おまえを呼びだすための嘘だったら？」

「湊……いくら先輩のこと嫌いだからって、それはひどくない？　そんな嘘つくわけないじゃん」

おまえは、どうする？

二階堂が本気で好きだと言ってきたら、どう答える？

いつまで強がっていられる？

二階堂のこと、今でも好きなくせに。

「行きたいなら行けよ」

俺は廊下の壁に右手をつき、結雨の前に立ちはだかった。

「……俺が引き止めんのは、これが最後だかんな」

少しの間、黙り込んで見つめ合う俺たち。

先に口を開いたのは、結雨だった。

「……通して？　湊」

「行くなら行け。俺を退けて行けよ」

結雨の復讐は、失敗に終わる……そんな予感がした。

今の二階堂の気持ちを知ったら。

結雨はきっと、二階堂のところに戻るはずだから。

だから絶対に、行かせたくないと思った。

ここで結雨が二階堂のところに行ったら、二階堂は結雨を離さないだろう。

復讐が失敗に終わるのと同時に、俺たちの関係も終わる。

俺たちふたりだけのヒミツだった偽物カップルは、ただの幼なじみに戻るんだ。

「湊」

結雨は壁についた俺の右腕を掴み、そっと下ろした。

「……行ってくるね」

静かにつぶやいた結雨は、俺の横を通りすぎ、そのまま家を出ていった。

気づいた気持ち

――もう二度と、傷つきたくなかった。
あんな思いするくらいなら、恋なんて、もうしなくていい。
だけど、あたしは知ってしまった。
この、涙の意味を。
傷つくことを恐れて、自分の気持ちを見て見ぬフリするのは、もうやめよう。
きっと、傷つかない恋なんてない――。

さっきの湊は、どこかヘンだった。
いつもの湊じゃなかった。
『行くなら行け』
あんな悲しげな瞳で見つめられるとは思わなくて、胸の奥が苦しかった。
あたしがまた傷つくと思って、湊は心配してくれている。
だけどね、湊……あたしは……。

家を出てから一五分ほど歩いたあたしは、二階堂先輩の家の前にやってきた。

白を基調とした、二階建ての一軒家。

家の前でスマホから先輩に電話をかけると、カギは開いているから勝手に入っていいと言われ、電話はすぐに切れた。

起き上がるのもつらいほど、具合が悪いのかもしれない。

「おじゃまします……」

玄関のドアをそっと開けながら、あたしは小さな声でつぶやいた。

家の中は、しんと静まり返っている。

先輩が言っていたとおり、家族の人は本当に留守みたい。

付き合っていたころ、一度だけ先輩の家に来たことがある。

そのとき、初めて先輩にキスされそうになって、あたしが顔を背けたことを思いだした。

あたしは、先輩の部屋がある二階へと階段を上がっていく。

二階に上がると、部屋のドアが少し開いていた。

あたしの足音が聞こえたのだろう。

「結雨？」

部屋の中から、二階堂先輩の声が聞こえた。

開いているドアの隙間から部屋の中を覗くと、ベッドの上に横たわっている二階堂先輩がいた。

「大丈夫ですか？」

あたしは部屋の中に入り、ベッドのそばに立った。

「結雨……来てくれてありがと」

「いえ……。何か欲しいものがあれば、あたし買ってきます。遠慮なく言ってくださ
い」

先輩は、そばに立っていたあたしの手をぎゅっと掴んだ。

「結雨、ここ座って」

あたしは先輩に言われるがまま、ベッドの端にちょこんと座る。

「熱あるのに、病院に行かなくて平気ですか？」

あたしが聞くと、先輩はあたしの手を取り、自分のおでこへと持っていく。

「え？　熱ないみたいですけど……」

おでこから手を離した瞬間、先輩はあたしの腕を掴んでグイッと引き寄せる。

あたしは先輩の体の上に、倒れ込んでしまった。

すると、先輩はあたしをぎゅっと抱きしめる。

「先輩っ……ちょっと……」

あたしは離れようとするけど、先輩は強く抱きしめたまま、あたしの体を離してくれない。

「ごめん」

耳元で囁かれた、先輩の優しい声。

「ごめん、結雨……」

「具合が悪いって、嘘だったんですか？」

「そうでも言わないと、結雨は来てくれないと思ったから」

先輩と別れてから、何度も電話があった。

そのたびに、胸が痛んだ。

でも復讐すると決めたのに、その気持ちが揺らいでしまいそうで。

先輩からの電話には、ずっと出なかった。

「結雨と、もう一度ちゃんと話したい」

「あたしはもう、先輩と話すことなんて……」

「やり直したいんだ」

胸が、ぎゅっと苦しい。

「結雨ともう一度、やり直したい」

どうして？

別れたあの日、先輩は言った。

『追いかけないよ？　俺』

そう言ったくせに……どうして今さら、そんなこと言うの？

「先輩も知っているとおり、あたしは今、湊の彼女なんです。先輩だって、あの人と……」

「深珠とはもう、終わったから」

終わったって何が？

あたしにはもう、関係ないこと。

「……離して、先輩」

先輩はゆっくりとあたしを離すと、あたしをまっすぐに見つめた。

先輩の右手が、そっとあたしの頬に触れる。

「中学のころ、深珠と付き合ってた」

「聞きたくありません」

「聞いてほしい。深珠と別れたあと、深珠のことを忘れたくて、ほかの女の子と何人か付き合った。でも、深珠のことが忘れられなかったんだ」

「……」

やっぱりそうだった。

先輩はあたしのことなんて、最初から好きじゃなかった。

だからあんな裏切りも、平気な顔してできたんだ。

先輩が好きだったのは、ずっと前から来瞳先輩だったから。

「それなら来瞳先輩とヨリ戻せばいいでしょ？　どうしてあたしを……」

「最初から深珠は、俺のことなんて、なんとも思ってないから」

二階堂先輩の片想いだったってこと？

「深珠は寂しいとき、誰かがそばにいてくれれば……べつに俺じゃなくてもよかったんだよ」

それをわかっていても忘れられないくらい、先輩は、来瞳先輩のことが好きなのに。

「先輩も同じでしょ？　あたしじゃなくても、誰でもよかった」

「最初は結雨のこと、見た目でしか見てなかった。かわいいなって……軽い気持ちだったよ」

ずるいよ。

本当にずるい。

なんでそんな切なそうな瞳で、あたしを見つめるの？

どうしてそんなに優しく触れるの？

あたしはそうやって、いつだって。

先輩の魅力に翻弄《ほんろう》されていたんだ。

「勝手だってわかってる。自分でも、こうなるなんて思ってなかった」

「もう……遅いです」

「結雨と別れて、初めて本当の気持ちに気づいた。深珠を忘れることなんてできないって思ってたのに」

「遅いって、言ってるじゃないですか」

「別れてから、結雨のことばっか考えてる」

そう言って先輩は、下唇をきゅっと噛みしめた。

「……このまま結雨を、朝霧に渡したくない」

この失恋から立ち直るために、あたしはあの日、先輩に復讐することを決めた。

先輩に浮気したことを後悔させて、いつか必ずあたしを本気で好きだと言わせて……そして振ってやる。

それで、あたしの復讐は終わりにするつもりだった。

だけど……。

「失ってから気づくなんてな。でもこれ以上、後悔したくないから」

あたしの頬に触れていた先輩の手がゆっくりと離れ、その大きな手は、あたしの頭を撫でた。

「結雨、好きだよ」

そう言われた瞬間、あたしの瞳からは、涙がこぼれ落ちた。

「今まで……ごめん」

先輩はあたしの体を、ゆっくりとベッドに倒した。

あたしの上に覆いかぶさった先輩は、真剣な表情であたしの瞳をジッと見つめる。

「二度と、結雨を裏切ったりしない」

「先輩……」

「今度こそ、大切にするから」

そう言って先輩は、優しくあたしの前髪に触れる。

「これからはずっと、結雨だけを見てる」

先輩は、ゆっくりとあたしに顔を近づけてくる。

「俺のとこ、戻ってきて」

あたしは、涙を止められなかった。

この涙の意味を、この瞬間に。

あたしは知ってしまったから——。


先輩の家をあとにして、あたしはひとりでマンションまでの帰り道を歩いていた。

あたりはすでに薄暗く、ぬるい風が吹いている。
「……っ、ぐすっ……」
さっきからずっと、涙が止まらない。
胸が苦しくて、どうしようもない。
二階堂先輩は、過去のことをすべて話してくれた。
真剣に、ひとつひとつ。
先輩の想いは、痛いくらい伝わってきた。
だけど、あの瞬間。
『結雨、好きだよ』
その言葉を聞いたとき、あたしは気づいてしまった。
この気持ちを、知りたくなんてなかった。
だって、傷つくのは目に見えている。
こんなこと、想像もしていなかった。
あたしの復讐は、もう終わりにしなくちゃいけない。
この想いに、気づいてしまったから……。
空を見上げると、雨がポツポツと降りだしていた。
夕飯までに帰ると言ったのに、遅くなってしまった。

家に電話しようとスマホを取りだすと、充電が切れていることに気づいた。

雨はすぐにザーザー降りになり、あたしの体を濡らしていく。

あたしは、その場に立ち止まったまま雨に打たれていた。

雨が、涙を隠してくれているみたい。

この想いも、隠し通せるかな。

見て見ぬフリ、できるのかな。

どうして、こんなことになるのだろう……。

泣きながら空を見上げていると、雨の音にまじって声が聞こえた。

「結雨……っ」

激しい雨の中、傘もささずに向こうから湊が走ってくる。

「湊……？　どぉして……」

湊が走ってくるのを見て、いっそう涙があふれてくる。

「ハァ、ハァ……やっと見つけた」

息を切らして走ってきた湊は、あたしの前に立った。

「帰り遅《おせ》ぇから……さがしたじゃん」

「ごめん」

さがしに来てくれるなんて、思わなかった。

「電話も出ねぇし、心配すんだろ」

「充電が切れちゃって……」

声が震えて、うまくしゃべれない。

「おまえ……泣いてんの？」

「……泣いてないよ」

あたしは顔を背ける。

「アイツ、どうだった？」

「湊の言ってたとおり、具合が悪いのは嘘だった」

「……やっぱりな」

「ねぇ、湊」

あたし、もう終わりにする。

「復讐するのは、もうやめるね」

あたしの言葉を聞いて少し黙り込んだあと、湊は言った。

「アイツに……なんか言われた？」

「やり直したいって、そう言われた」

「……そっか」

「先輩の過去のこととか、全部話してくれて……」

あたしの話の途中で、湊は遮って言った。

「アイツ、今度は本気らしいよ？　おまえのこと」

「え……？」

「来瞳先輩が言ってた。二階堂、結雨のこと本気だって」

胸の奥が締めつけられて、痛い。

「よかったじゃん。アイツのこと、まだ好きなんだろ？」

湊……あたしは……。

「復讐も半分はうまくいったじゃん。浮気したことアイツに後悔させて、振り向かせるってやつ」

あたし、気づいたんだ。

「復讐のゴールは、おまえが二階堂を振ることだったけど。こうなることも、なんとなく予想してたし」

「そ、湊……あのね……」

「二階堂とヨリ戻したんだろ？　復讐も終わりなら、俺たちの関係も終わりってことだな」

復讐の終わりは、あたしたちのヒミツの関係も終わることを意味する。

あたしたち……ただの幼なじみに戻るんだ。

「彼氏のフリしなくていいと思ったら……せいせいする？」

「……あたりめーだろ」

胸が、ズキッと痛んだ。

「そぉだよね。今までごめんね」

「なに泣いてんだよ？」

泣きたくないのに、涙が止まらない。

「よかったじゃん」

そう言って湊は、下を向いて涙を流すあたしの頭をポンポンと優しく叩いた。

傷つきたくなかった。

大切すぎて、失いたくなかった。

ねぇ、どうすればいいの？

言えるわけない。

この想いを口にしたら、今までどおりにできなくなる。

きっと壊れてしまう。

こんなに近くにいるのに。

本当の気持ち、何も言えない。

言えないよ……。

あたし、気づいたんだ。

湊のことが、好き——。


翌日の朝。

制服に着替えたあたしは、部屋を出てキッチンに向かった。

冷蔵庫からオレンジジュースを取りだして、それを飲みながら、テレビから流れてくるニュースをなんとなく聞いている。

お母さんは、すでに仕事に出かけていた。

湊は爆睡しているのか、起きてくる気配がない。

「湊ー？　そろそろ起きなよー？」

あたしは、キッチンから大きな声で叫んだ。

「本当に朝が弱いんだから……」

ついこの前まで、毎朝のように早く起きて学校へ行っていたのは、いったいなんだったの？

湊に聞いても、いまだに何も教えてくれない。

あたしは、湊が寝ている部屋に向かう。

「湊、まだ寝てるのー？　入るよー？」

部屋のドアを開けて中に入ると、湊はまだ布団の中で眠っていた。

「湊ー？」

あたしは布団の上に座り、湊の寝顔を見つめる。

「そろそろ起きないと……」

よく見ると、湊のおでこに汗が滲《にじ》んでいる。

あたしは、湊のおでこに手をあてた。

「えっ!?　熱っ」

あたしの言葉に、瞳をゆっくりと開けた湊は、具合が悪そうに答える。

「いいから、おまえは学校行け……」

声まで、かすれてる。

「熱あるよ？」

「……そんな気ぃする」

「もしかして昨日、雨でずぶ濡れになったせい？」

「そんな弱くねぇよ」

「風邪引いてるじゃんっ」

「いいっすね、バカは風邪引かなくて」

憎たらしいけど、いつものことだ。

「ねぇ、病院に行く？」

「いい」

湊は体の向きを変え、あたしに背を向けてしまった。

「じゃあ、あたしも学校休む。湊のこと心配だし」

「邪魔。寝てりゃ治る」

「でも、家に誰もいなくなっちゃうよ？」

「へーき」

「でも……」

「しつけーな」

湊の冷たい口調に、あたしは口を尖らせて黙り込む。

そんな言い方しなくてもいいのに。

なんか、いつも以上に冷たい気がする。

違う、そうじゃない。

いつもと違うのは、きっと、あたしのほうだ。

湊のこと、意識してるから。

「たいしたことねーから心配すんな。もう寝かせろよ」

「ホントにひとりで大丈夫？」

「あぁ。早く学校行け」

湊が冷たいのは、いつものことなのに。

それでも、落ち込んでしまう。

湊の一言、仕草ひとつで、こんなに悲しい気持ちになるなんて……。


二時間目が終わったあとの休み時間。

教室の前の廊下で、あたしは奈乃と立ち話をしていた。

あたしは思いきって、今までのことをすべて、奈乃に打ち明けた。

「ちょっと待って、結雨ちゃん……頭が混乱して……」

「だよね。待ちます、いくらでも待ちます」

あたしの話を聞いた奈乃は、驚いて動揺していた。

「じゃあ、こういうこと？　結雨ちゃんは、浮気した二階堂先輩に復讐するために、湊くんと付き合ってるフリをしてたってこと？」

「はい、おっしゃるとおりです」

「あの湊くんが、よく引き受けてくれたね」

「おかげであたしは、毎日のように悪魔に仕えるマッサージ師でしたけどね」

「ふふっ。ていうか湊くんと一緒に住んでたってこともびっくりだし、結雨ちゃんが復讐を計画したとか、ふたりが偽物カップルだったとか、もう何がなんだか……」

「ごめんね。なかなか言いだせなくて……」

胸の前で手を合わせて謝るあたしを見て、奈乃は微笑んだ。

「それで、昨日は二階堂先輩の家に行って、本気だって告白されて、そのあとキスされちゃったと……」

「ちょっと待って！　キスはしてないっ！　ギリギリセーフだったから」

あのとき、二階堂先輩にキスされる寸前で、あたしは顔を背けた。

湊のことが好きだって、あの瞬間にハッキリ気づいたから。

「別れたあとにね、二階堂先輩にもらったブレスレット……ずっと捨てられなかったんだ。だけど、昨日ちゃんと返して、サヨナラしてきた」

「これでもう、二階堂先輩のことはいいの？」

「先輩への復讐が終わるまでに、自分の中で気持ちの整理つけるつもりだった。でもね、あたし……」

あたしは、下唇を噛みしめる。

「結雨ちゃん……？」

「どぉして好きになっちゃったんだろ。叶《かな》わない恋なのに。絶対に叶わないのに……」

「もしかして結雨ちゃん、本気で湊くんのこと……？」

奈乃の言葉に、あたしは小さくうなずいた。

「叶わない恋って、どうして決めつけちゃうの？　まだ湊くんの気持ちも確かめてないのに」

確かめなくても、わかる。

「湊は、あたしが今も二階堂先輩を好きだと思ってる。昨日も〝よかったじゃん〟って言われたし……」

「どうして違うって言わなかったの？」

「だって……」

「結雨ちゃんの気持ち、伝えるチャンスだったのに」

「……言えるわけないよ」

言えるはずない。

「だって湊は、あたしのことなんてなんとも思ってないんだよ？　女として見られてないし」

女として見られていないから、ずっとそばにいられたのかもしれない。

そもそも湊は、女嫌い。

「湊くんの女嫌いって、何か特別な理由でもあるの？」

あたしは廊下の壁にもたれて、ため息をついた。

「ハッキリと本人に聞いたわけじゃないけど……」

この話、人に話すのは初めてだ。

「たぶん、湊は……自分がお母さんに捨てられたって思ってるんだよね」

「捨てられた？」

「小さいころね、湊のお母さんが家を出ていっちゃったんだ。男の人と暮らしてる」

「そうだったんだ……」

「湊が人に冷たい態度とるようになったのも、お母さんのことがあったあとなんだよね」

あのころから湊は、人に……とくに女の子に対して、冷たい態度をとるようになった。

その中でも、自分を好きだと言って近寄ってくる女の子には、いっそう冷たく接していた。

だから、余計に怖い。

あたしが湊のことを好きだって、もしも湊にバレたら、冷たくされるに決まってる。

今までどおりの関係では、絶対にいられない。

「湊くんの女嫌いは、お母さんのことがきっかけだったんだね」

「お母さんのこと大好きだったからね……湊は」

あの日、湊を置いて出ていってしまったお母さんを、ベランダから見つめていた湊の横顔。

湊の手を握りしめていたあの日を。

あたしは、今でも忘れられない。

「でも、今は昔よりはマシになったかも。奈乃やクラスの女の子には、そこまで冷たくないでしょ？」

「うん」

「相変わらず、告白してくる女の子や、好意が見え見えの女の子には、ものすごく冷たいけどね」

だからあたしは、この気持ちを伝えられない。

「湊くんも、結雨ちゃんみたいな人がそばにいてくれてよかったね」

「え？」

「ひとりぼっちでいるのと、誰かがそばにいてくれるのは全然違うよ」

あたしは少しでも。

ほんの少しでも。

湊の悲しみや、心の傷を癒すことができた？

あれから、湊のそばにいることしかできなかったけど。

こんなあたしでも、少しは湊の役に立てた……？

「湊くんと結雨ちゃんの関係……奈乃は、すっごく羨ましいけどな」

奈乃は、優しく微笑む。

「幼なじみって、欲しくても手に入るもんじゃないし。ある意味、運命だよね」

運命なんて……そんなこと、今まで一度も考えたことなかった。

「湊くんと結雨ちゃん。ふたりにしかわからないこと……きっと、たくさんあるんだろうなって」

ふたりにしか、わからないこと。

幼なじみで、家族のように過ごしてきて、誰よりも近くで見てきた。

湊のことを、ほかの誰よりもわかってるつもりでいる。

あたしのことも、きっと湊がいちばんわかっている。

これが恋だと気づかなかったら、どんなに幸せだっただろう。

「湊のこと大切だから。大切すぎて失いたくない」

「湊くんだって、結雨ちゃんのこと大切に想ってるよ？」

奈乃は、真剣な表情であたしを見つめる。

「湊くんに口止めされてたけど……少し前、毎日のように湊くん、朝早くに学校へ来てたでしょ？」

「え？ うん」

「あれは、結雨ちゃんを傷つけた犯人を捕まえるためだったんだよ？」

「え……？ ちょ、ちょっと待って。何それ。犯人て？」

「結雨ちゃんを傷つけた犯人を見つけたとき、奈乃も偶然その場所に居合わせたから」

一瞬、頭の中が真っ白になった。

「湊くんは、結雨ちゃんを守りたかったんだよ」

湊が毎朝早くに学校へ行ってたのは、犯人を捕まえるためだった。

朝は苦手なはずなのに。

あたしのために、そんなことしていたなんて、全然知らなかった。

「犯人は、結雨ちゃんに嫉妬してたみたい」

「奈乃……ありがと、教えてくれて。でも犯人は誰か知りたくない」

知るのが怖い気持ちもある。

きっと知ってしまったら、あたしは犯人を許せないと思うから。

湊が何も言わないなら、あたしもこのまま、何も知らないままでいい。

「うん……わかった。でももう大丈夫だよ。湊くんが犯人にガツンと言ったから」

「今度何かしたら許さないって。結雨は俺が守るって」

湊が、そんなこと言ったなんて信じられない。

でも、うれしかった。

泣きそうなくらい、うれしかった。

「湊くんも、結雨ちゃんのこと大切に想ってるんだよ」

「……幼なじみとしてだけどね」

「本当にそれだけかな？」

「それだけだよ」

昨日だって、湊にハッキリと言われた。

彼氏のフリしなくていいと思ったら、せいせいするって。

湊は、あたしを女の子として見ていない。

それでも、幼なじみとしては、大切に想ってくれているみたいだった。

こんな大事な関係を、壊すことなんてできるわけない。

「このまま、本当の気持ち隠していくつもりなの？」

「そうするしかないから」

失いたくない。

今の湊との関係も、距離も。
だけど、一緒にいる時間が多すぎて。
好きな気持ちが、あふれだしてしまいそうで。
本当は、すごく怖かった。
幼なじみとしてなら、そばにいられる。
このまま湊のそばにいたいなら、気持ちを隠し通していくしかない。

ヒミツの約束

【湊ｓｉｄｅ】
恋とか愛とか、そんなもの俺にはよく、わからなかった。
それでも、あのころよりは。
あの約束を交わした、あのころよりは。
ほんの少しだけ、大人になったのかもしれない。
俺は、おまえの幸せを願っている――。

ふと目が覚めて部屋の時計を見ると、昼すぎだった。
熱のせいで学校を休んだ俺は、部屋で朝からおとなしく寝ていた。
もうひと眠りしようと目を閉じた瞬間、玄関のドアが開いた音が聞こえる。
「ただいまーっ」
結雨が帰ってきたらしい。
まだ昼すぎなのに、帰ってくるのが早すぎる。

「湊？　寝てる？」

ドアの向こうから声が聞こえて、俺は寝たフリをして返事をしなかった。

「入るよ？」

薄目を開けて見ると、部屋に入ってきた結雨は俺の横にちょこんと座った。

結雨の手が、俺の額にそっと触れる。

「熱下がってないね」

結雨は部屋を出ていき、タオルを持って部屋に戻ってきた。

俺は寝たフリを続けていると、いきなり結雨は俺の布団をめくる。

「ちょっと、失礼します」

なんだ？

待て、ちょっと待て。

結雨は、いきなり俺の服を脱がしはじめた。

結雨の細い指が俺の首元や体に触れて、くすぐったい。

「……おい、病人を襲うな」

目をパチッと開けた俺は、結雨の手を掴んだ。

「あ、起こしちゃった？」

「なに脱がしてんだよ？　やらしいな」

「ち、ちがっ……熱を下げるのに、脇の下とか冷やしたほうが効果あるって聞いたから」

結雨のもう片方の手には、タオルに包まった保冷剤らしきものがあった。

「くすぐってたじゃねーか」

「病人にそんなイタズラするわけないでしょ？」

「日ごろの恨みでもあんのかなと思って」

「まぁ、ナイとは言えないけどね」

「貸せ。自分でやる」

俺は結雨の手から、タオルを取り上げた。

「それより、帰ってくんの早くね？」

「今日、午前で授業終わりだもん」

「あー、そうだっけ」

ダメだ。熱で頭がボーッとしている。

「ねぇ、帰りにフルーツ買ってきたよ？　バナナとりんごとオレンジと……」

「俺はサルか」

「せっかく買ってきたんだから食べてよね？」

「そんな食えねぇよ」

「じゃあ、どれがいい？　おかゆ作って、一緒にフルーツも切ってくるから」

俺は腹のあたりをさすりながら、つぶやく。

「なんも食いたくねぇんだけど」

「ダメ！　ちゃんと食べなきゃ元気になんないよ？」

頬をプクッと膨らませる結雨を見て、俺は無言で目を閉じた。

「聞いてんの？　すぐに作ってくるから待ってて」

そう言って結雨は、おかゆを作りに部屋を出ていった。

俺のことなんて、ほっといてくれていいのに。

二階堂とヨリ戻せて、浮かれているのか？

でも、これでよかったのだと思う。

本当はあんなヤツよりも、結雨ならもっとほかに、いい男がいるはずだ。

だけど、結雨が二階堂を好きなら、それは仕方がないこと。

俺たちの、ヒミツの関係も終わった。

もう彼氏のフリをしなくていい。

最初は面倒くさいと思っていたのに、どうしてこんなに胸が苦しいのだろう。

熱も下がり、体も完全に回復した、二日ぶりの学校。

四時間目の体育の時間、男子はグラウンドで持久走だった。

琥都と快と俺の三人は、うしろのほうをダラダラとやる気なく走っていた。

「湊、結雨から聞いたぞ？」

そう言って快は、走りながら俺の腕をヒジでついてくる。

「なにを？」

「校内一カップルのヒ・ミ・ツ」

快は白い歯を見せて、ニッと笑った。

ヒミツって……結雨は何をしゃべったのだろう。

「二階堂先輩に復讐するため、湊と結雨がバカップルを演じてたとはねぇ～」

「それか。おい、待てコラ。バカップル言うな」

二階堂への復讐も終わって、ヒミツにする理由もなくなったから話したのか。

琥都と快が知ってるってことは、当然、結雨は奈乃にも話したのだろう。

今朝からずっと、奈乃が何か言いたげな目で俺を見ていた理由が、やっとわかった。

「二階堂先輩のこと振って、結雨も未練なくスッキリしたみたいだし……よかったな」

快の言葉に、俺は驚いて立ち止まる。

「今おまえ……なんて言った？」

俺が動かずにいると、快も琥都も立ち止まって振り向く。

「だから、二階堂のこと振って……」

「は？　だってアイツら、ヨリ戻したんじゃねーの？」

ふたりは顔を見合わせて不思議そうな表情を浮かべた。

「もしかして、結雨から何も聞いてないのか？」

琥都の言葉に、俺は小さくうなずく。

「湊が熱を出してたから、言うタイミングなかったんじゃね？」

そう言って快が再び走りだそうとしたとき、俺はボソッとつぶやく。

「一緒に暮らしてんだから言うタイミングなんて、いつでもあるだろ」

琥都も快も、驚いた顔で目を丸くしている。

「やべぇ……おまえらに同居してることは言ってなかったのか」

「一緒に暮らしてるって、どゆこと⁉　どゆことよ⁉　湊ちゃんっ」

快は、俺の肩を掴んで体を揺さぶる。

「うぉーい！　気になんだろぉ」

「うるせーよ、快。叫ぶな」

それより、結雨は何を考えているのだろう。

あの雨の日、二階堂とヨリを戻したと思っていた。

二階堂を振った？

なんで、そんな大事なこと俺に言わないんだ？

結雨は、二階堂のことをまだ好きだと思っていた。

それとも、自分の気持ちを抑え込んで、最初に決めた復讐どおり、ケリをつけたのだろうか。

「まぁ、結雨が決めたことなら俺はべつにいいけど」

そう言いながら俺は、ずっと胸の奥につかえていたものが取れた気がした。

なんだか気分がいい。

「湊は、結雨のことどーするわけ～？」

快が気持ち悪いくらいニヤニヤしている。

「どうって、何がだよ？」

「今度こそ、本物の校内一カップル誕生っすか？」

「あ？　俺らただの幼なじみだし」

面白がっている快に俺が冷たく答えると、隣にいた琥都がボソッと言った。

「湊は本気で結雨が好きなんだと思ってた」

「はぁ？　琥都までなに言いだすんだよ」

「とぼけんなって。湊が前から二階堂のことを嫌いだったのは、結雨のことが好きだったからだろ？」

琥都の言葉を、俺は慌てて否定する。

「ちげぇよ。俺はただ、二階堂の裏の顔を知ってたからで……」

俺が結雨を好きとか、そんなことあるわけない。

快や琥都がそう思い込むほど、俺の彼氏のフリがうますぎたのかもしれない。

「俺は女なんて……」

そう言いかけた途中で、快が大きな声で遮った。

「はい出た～。女なんて嫌い？」

「結雨は、幼なじみなんだよ」

「結雨を女として見てないってことか？」

琥都の言葉に、俺は肯定も否定もできずに黙り込む。

「ホントは結雨のこと、誰よりも大切に想ってるくせに」

琥都は呆れたように言った。

結雨の知らない、あの約束。

「……約束したから、昔」

「約束って？」

そう言って快は、真剣な顔で俺を見た。

誰かに話すのは、これが初めてだ。

「結雨の父親……結雨が小学生のとき、病気で死んだんだ」

当時、まだ小学生だった俺たちには、結雨の父親の病気について、詳しいことは何も知らされなかった。

結雨も俺も、すぐに退院して元気になると信じていた。

学校帰りに結雨とふたりで、毎日のように病室へ行った。

そんなある日のことだった。

結雨がトイレに行き、病室には、結雨の父親と俺だけになった。

『湊』

『なに？　おじちゃん』

結雨の父親は、ベッドに横になったまま俺を見つめた。

『結雨と、これからもずっと仲良くしてくれるか？』

『うん』

『ありがとな。湊がいてくれたら安心だ』

『おじちゃん、早く元気になって。結雨が寂しがってるから』

『湊……おじちゃんがいなくなっても、結雨と……』

『いなくなるって、どういうこと？』

そのとき初めて、結雨の父親の病気が治らないことを知った。

『ダメだよ、いなくなったら。だって……だって結雨は……おじちゃんのこと大好きなのに……』

俺は泣くのを我慢できなかった。

『結雨のこと、よろしく頼むな』

結雨の父親は、俺の頭を撫でながら微笑んだ。

『なぁ、湊。病気が治らないことを結雨は知らないんだ。このまま結雨には、黙っていてくれるか……？』

俺はただ、泣きながらうなずくことしかできなかった。

『最期まで……結雨の笑顔を見ていたいんだ』

すべてを知ったら、結雨の心から笑った顔を、二度と見られないかもしれない。

結雨の父親の気持ちを、俺なりに理解したつもりだった。

『湊、ごめんな』

腕でゴシゴシと目元を拭った。

結雨が戻ってくるのに、泣いてはいけない。

俺にすべてを打ち明けてくれたこと。

そして、その最後の願いを、叶えてあげたい。

だから結雨には、何も話さなかった。

『おじちゃん、俺に何かできることある？』

『湊、おじちゃんがいなくなったら、おじちゃんの代わりに結雨のことを守ってくれるか？』

おじちゃんの代わりに、俺が結雨を守る……？

『この先、結雨が泣きたいときや、つらいときは……湊が結雨のそばにいてやってくれるか？』

俺は下唇を噛みしめて、力強くうなずいた。

『男と男の、ヒミツの約束だぞ？』

優しく微笑む結雨の父親と、指きりをした。

『約束、必ず守るよ。おじちゃん……』

あの日、約束した。

結雨のことは、俺が守る。

それから、日に日に弱っていく父親を見て、結雨は不安がっていた。

それでも結雨に、本当のことは言わなかった。

必ず元気になると、結雨を励ますたびに胸が張り裂けそうだった。

そして、最後の夜。
結雨の母親が病室に残り、結雨はうちの家に泊まることになった。
『お父さん、また明日来るね』
『あぁ、また明日な……結雨』
結雨はいつものように笑顔で父親に手を振り、病室をあとにした。
それが、最後の会話になった。明日なんて、なかった。
夜明け前だったと聞いた。
結雨が俺の部屋のベッドで眠っている間に、結雨の父親はこの世を去った。
最期まで、結雨の笑顔を見たいという結雨の父親の願いは叶えることができた。
だけど、本当にこれでよかったのか。
俺は、あとになって後悔することになる。

結雨の母親が葬式の準備で忙しくしていた夜、結雨は俺の部屋にいた。
ふたりでベッドの上に横になっていた。
結雨はずっと、部屋の天井を見つめたままだった。
『結雨……大丈夫？』
『うん』

父親が亡くなったあとも、母親の前では泣かないように、結雨は必死に明るく振る舞っていた。

本当は誰よりも、つらく悲しいはずなのに。泣きたいはずなのに。

『無理すんなよ』

『うん』

『俺しかいねぇし、泣いてもいいぞ？』

『……大丈夫だってば』

強がった言葉とは反対に、結雨の声はかすかに震えていた。

『泣くの我慢しても、何もいいことねぇぞ』

『今は……あたしがしっかりしなきゃダメなの。お母さんが泣いてるから』

結雨は、昔からそうだった。自分よりも、いつも人のことばかり心配する。

だから俺は、結雨を守らなきゃいけないと思った。

『おばちゃんに心配かけたくねぇなら、ここで泣けよ。それでまた、頑張れ。おばちゃんの前で笑え』

『湊……』

『俺の前で強がんな』

『……湊……あっち向いてくれる？』

俺は横になったまま体の向きを変えて、結雨に背を向けた。
すると結雨は、俺の背中にしがみつく。
『……何も言えなかった……ううっ……お父さんに何も……っく……』
吐きだせ、全部……。
俺が全部、聞いてやるから。
『大好きも……ありがとうも……っく……ひっく……お父さんに言えなかった……』
結雨の声を聞きながら、俺も涙が止まらなかった。
『もぉ逢えなくなるってわかってたら……ちゃんと言えたのに……』
最後まで本当のことを言えなくて、ごめん。
心の中で、結雨に謝り続けた。
俺の背中にしがみついたまま、結雨は一晩中、泣き続けた。
俺がすべて知っていたことは、結雨はいまだに知らずにいる。
あれから時間は流れたけど、結雨には話せなかった。
父親が死ぬとわかっていたら、もっと伝えたいことがあった。
そう悔やんで泣き続けた結雨を、俺は知っているから。
結雨に申し訳なくて、言えなかった。

「だから俺は、おじちゃんとの約束を守ることしかできなかった」

結雨に対して、罪の意識も感じながら。

結雨がいつも笑っていられるように、結雨を守ろうと思った。

あの日からずっと。

「俺は、結雨が幸せならそれでいい」

すると快は、俺の肩を抱き寄せた。

「もうさ、あれだな。好きとか恋とか、そういうの全部通り越して、結雨のこと愛してんじゃない？」

俺は目を細めて、呆れたように快を見る。

「……愛って……なに言ってんだか」

「快の言うとおりだな。湊は愛してんだよ、結雨のこと」

「琥都までなに言いだすんだよ？」

「ホント、素直じゃないよな。湊は」

俺が結雨を……愛してる？

一七年間幼なじみとして過ごしてきたのに、この関係を壊すことなんてできるわけない。

偽物のカップルを演じて、その関係でさえもう、終わったんだ。

ファーストキス

湊のことが好き。

そう気づいたときから、もうすぐ一ヶ月がたとうとしていた。

奈乃、琥都、快の三人だけは、湊とあたしのすべてを知っている。

ただ、校内では今もカップルだと思われているあたしたち。

「ねぇ、湊」

夜遅く、リビングのソファに座っていた湊とあたしは、テレビを見ていた。

「あたしたち別れましたっていう宣言、学校でしなくていいの？」

「校内放送でもすんのか？」

「いや、それはしないけどっ！　あたしと付き合ってると思われたままでいいの？」

「ん、べつに」

いいってこと？

そんなことを言われたら、ちょっと期待してしまう。

「いいの？　なんで？」

うれしさを隠しきれないあたしとは反対に、そっけない答えが返ってきた。

「彼女いると、あんま告られることねぇからラク」

「……だよね」

ほんの一瞬でも、淡い期待を抱いた自分に腹が立つ。

うれしい答えなんて返ってくるはずないのに。

それより、別れたことが校内に知れ渡ったら、また湊は女子から告白されてばかりの日々に戻る?

想像しただけでつらい。

湊への気持ちに気づいてから、湊をひとりじめしたいという気持ちを抑えられない。

「ちょっ……」

隣に座っていた湊がいきなりゴロンと寝転がってきて、あたしの膝の上に頭を乗せた。

「お、重たいんだけど」

ドキドキする気持ちを隠したくて、つい冷たく言ってしまう。

湊に下から見つめられると、恥ずかしくて耐えられない。

「どいてよ」

「やって」

湊はいつのまにか手に耳かきを持っていて、あたしに渡した。

「優しく丁寧にな」

「何様なのよ、もぉ」

今までは、これくらいなんともなかったのに。

湊を好きだと自覚してからは、湊の行動にいちいちドキドキしてしまう自分がいる。

自分の気持ちを隠して過ごすのは、思った以上に大変だった。

「気持ちいい?」

「んー」

あたしは湊の耳かきをしながら、湊を見つめる。

こんなに近くにいても、遠く感じる。

ダメだとわかっていても、もっと近づきたい。触れたい。

胸の中は、湊への想いであふれていた。

言えない……好き。

このままずっと、伝えられない想い。

切ない片想いは、これからもずっと続いていくのだろう。

ある日の放課後。

ひとりぼっちの静かな教室。

日直のあたしは教室に残り、学級日誌を書き終えたところだった。

「よし、あとは黒板消して終わりっと」

教室の窓からは、ぬめった風が入ってきて、少しずつ夏に向かっているのを感じさせた。

黒板を消していると、教室のドアが開いた音がした。

「一色」

あたしを呼んだのは、一年のときに同じクラスだった男の子。

「あ、にっくん！」

金髪で両耳にピアスをしているダンス部のにっくん。

彼とは、一年のころ隣の席になったこともあった。

当時はよく話をする仲だったけど、二年になってクラスが離れてからは、話す機会があまりなくなっていた。

「どしたの？　にっくんと話すの、なんか久しぶりだねっ」

「クラス遠いしな」

「そぉだね」

「一色、日直なの？　俺も手伝おっか」

彼は黒板消しを手に取ると、あたしと一緒に黒板をキレイに消してくれた。

「ありがと。でも用があって来たんじゃないの？」

「うん、まぁ」

「なになに？」

彼はあたしの顔をチラッと見たあと、視線を落とした。

「一色」

「うん」

「あのさ……」

「ふふっ。あらたまって、どしたの？」

彼はあたしの肩に手を置くと、そのままあたしの体を抱き寄せた。

「ちょ、にっくん……？」

突然の出来事に驚いたあたしは、大きく目を見開いたまま動けずにいる。

「一色、お願いがあるんだけど聞いてくれる？」

耳元で聞こえた、彼の小さな声。

「お願い？」

そのとき、大きな声がした。

「おいっ！　二階堂っ！」

彼に抱きしめられたまま顔だけ振り向く。

すると、教室のドアのところで、息を切らしている湊がいた。

「あれ？　二階堂じゃねぇし……」

湊はにっくんの顔を見て、キョトンとした顔になる。

あたしが抱きしめられているのを見て、湊はにっくんを二階堂先輩だと誤解したようだった。

「なんで湊がここに？　部活中じゃないの？」

湊は、目を細めてこっちを睨む。

「おまえらこそ、教室で何してんだよ？」

「えっと、湊……これは……」

なんでこんなときに現れるの？

この状況は、どう見ても誤解されてしまう。

にっくんはなぜか、あたしを抱きしめたまま離そうとしない。

最悪なタイミングだ。

「ち、違うの、湊……にっくんも、なんか言ってよぉ」

だけど、にっくんは黙ったままだった。

こっちに歩いてきた湊は、にっくんの肩を掴んだ。

「結雨から離れろ」

湊は、にっくんを睨みつけた。

「……やだって言ったら？」

にっくんは、ニヤッと笑った。

いったいにっくんは、何を考えているのだろう。

「触んな」

にっくんとあたしの体を無理やり離した湊は、あたしの腕を掴み、背中のうしろにあたしを隠した。

「俺の結雨に触んなっ」

今……なんて言った？

あたしの聞き間違いじゃないよね？

頭の中で、湊の言葉が何度も繰り返される。

うれしすぎて、ニヤけが止まらない。

「出てけよ」

「わかった、わかった。そんな怒るなよ、朝霧」

にっくんが教室を出ていったあと、湊はあたしの腕を離した。

「湊」

「なんだよ？」

「……いつからあたし、湊のものになったの？」

「あ？」

「今言ったじゃん。『俺の結雨に触んなっ』って」

湊は顔をプイッと背ける。

「……言ってねぇし」

「言ってたし！」

「それは……だから、あれだよ。学校では一応、俺はおまえの彼氏なわけだし、なんつーか……」

あぁ、そっか……そうだよね。

学校では今も付き合ってることになってる。

だからあんなこと言ったんだ。

なのに、喜んで浮かれて、バカみたい。胸が苦しくなって、涙があふれてくる。

「俺、部活行くから」

あたしをその場に残して、湊は教室のドアに向かって歩いていく。

湊のうしろ姿を見つめた。

行かないで……。

もう、気持ちを止めることができなかった。

「湊……っ」

あたしは、うしろから勢いよく湊に抱きついた。

涙が止まらなかった。

いつからあたしは、こんなに泣き虫になったのだろう。

好きな気持ちが大きくなればなるほど、そばにいるのが切なかった。

「……結雨？」

頭ではわかっている。

この想いを伝えてはいけない。

好きだと言えば、湊に嫌われるかもしれない。

女の子として見られていないあたしが、湊の中で女の子になってしまえば、今までどおりの関係ではいられなくなる。

すべてを壊すことになる。

だけど、心がついていかない。

「好きになっちゃったの……」

自分でもどうしようもないくらい、好きになっていた。

「湊のことが……好き……」

湊の背中に顔を当てたまま返事を待つけど、湊は黙ったまま何も答えない。

「なんとか言ってよ」

なんで黙ってるの？

やっぱり嫌われたのかもしれない。

「今のやつ……聞かなかったことにする」

ズキンッと、胸が痛んだ。

わかっていたことなのに、湊の言葉にショックを隠しきれない。

湊の背中に抱きついていたあたしは、ゆっくりと湊の体を離した。

涙が止まらなくて、下を向いたまま顔を上げることができない。

聞かなかったことにする、そう言ったのは、あたしとの関係を壊したくないから？

幼なじみのままでいたい、それが湊の答えってこと？

あたしは、湊に嫌われずに済んだのかな。

でも、あたしたちの距離は、今までよりももっと、遠くなった気がする。

「勇気出して告白したんだから……ちゃんと振ってよ」

腕で何度拭っても、涙があふれてくる。

「聞かなかったことにするんじゃなくて、ちゃんと答えてよ」

泣きながら顔を上げると、湊はあたしのほうを向いた。

「湊……あたしは……」

そして両手であたしの顔を掴むと、そのままキスをした。

「んっ……」

頭が真っ白になって、何も考えられなかった。

心臓が止まったみたいに、息もできなくて。

だけど、感じる。

湊の唇の柔らかな感触。

「……っ」

唇がそっと離れると、目を閉じていた湊は、ゆっくりと目を開けた。

湊の瞳を見た瞬間、あたしの心臓はもう一度動きはじめた気がした。

あたしの頬を伝う涙を、湊は親指で拭う。

「湊……なんでキスしたの……?」

湊は視線をそらした。

「聞くなよ」

「き、聞くに決まってるでしょーがっ」

「……俺から言うつもりだったのに」

「え……？」

湊の顔が、少しだけ赤くなっている。

「おまえが先に言うなよ。つか、おまえいつから俺のこと？　全然そんな素振りねぇし」

「だって……必死に隠してたもん。湊、女嫌いだし」

「まぁな」

「あたしのこと、女の子として見てくれないって思ってた」

「あーあ。人生でたったひとりの女に俺の心を捧げるとはな」

人生で、たったひとり……。

その言葉が、すごくうれしかった。

「嫌？」

「べつに」

優しく微笑む湊は、あたしの頬をキュッとつねる。

「叶わない恋だって……あたしたち一生、幼なじみのままだって思ってた」

「なんで、こんなおっさんみてぇな女を俺は……」

「ひどっ！　あたしだってね、冷たくて悪魔みたいなヤツなんか好きになりたくなかったわよっ」

「おい」

「ふふっ」

「泣くか笑うか、どっちかにしろ」

湊はあたしのおでこに、そっとキスをした。

言葉では表せないくらいうれしくて、幸せで、涙が止まらなかった。

湊はあたしの背中に手をまわし、優しくあたしを抱きしめる。

「湊……好きだよ」

「ん」

「大好きだよ？」

「何回も言うな」

「ダメ？」

「……照れるから」

その言葉に、胸がぎゅっとなった。

湊の胸元に耳をあてて、あたしは瞳を閉じる。

ドクン、ドクン……て、大きな心臓の音が聞こえてくる。

「結雨」

湊はあたしを離して、まっすぐにあたしの瞳を見つめる。

湊の顔が近づいてきて、あたしは瞳を閉じた。

湊はあたしの左頬にキスをしたあと、あたしの左耳にもキスをする。

「やめっ……くすぐったいってば……」

「やめるわけねぇじゃん」

キスで触れられるたび、体中が熱くなる。

「結雨」

いつもよりもずっと優しい、湊の声。

見つめ合うと、ふたりとも恥ずかしくて顔を背けた。

あたしのファーストキス。

生まれて初めて、心からキスがしたいと思えたの。

胸のドキドキも、大好きも。ちゃんと伝えたい。

言葉だけじゃ足りない、胸の奥からあふれてくる気持ちを。

全部、全部……湊に知ってほしい。

「……っ」

教室の隅で何度もキスをしていると、湊はあたしの体を離した。

「……これ以上は、やべぇから」

「え？　あ……部活行かなきゃだよね？」

「いや、じゃなくて……」

「え？」

「なんでもねぇよ」

湊はあたしの髪を、くしゃっとした。

まだ離れたくない。もう少し一緒にいたい。

あとでまた家で会えるのに、まだ湊と一緒にいたい。

「ねぇ、湊も言ってよ」

「何を？」

「好きって」

「は？　やだよ」

「ちょっ、やだってなに⁉　こんだけキスしといてっ」

「うるせーな」

「言ってよ！」

「やだ」

「言ってってば」

「黙れよ」

湊は、あたしの唇をキスで塞いだ。

「んっ……」

言葉は冷たくても、キスは甘くて優しい。

唇がそっと離れると、湊はあたしをぎゅっと抱きしめた。

「ねぇ……キスでごまかさないでくれる？」

どうしても言わせたい。

「あたしのこと好き？」

だってまだ、湊の口からは一度も好きって聞いていない。

「ねぇ、好き？」

「どーだろ」

「ひどっ！　好きじゃないのに、キスしたわけ？」

あたしは湊の体を離して、頬をプクッと膨らませる。

「部活行くわ、俺」

「あ～逃げるんだぁ。好きって言ってくれないなんて。本当はあたしのことなんて
……」

すねたフリをしたら、言ってくれる？

「わかったよ、うるせーな」

あたしは目をパッと輝かせて、湊の瞳をジッと見つめる。

「好きっつーか……おまえのこと……」

目を伏せた湊はあたしの手を取る。

「愛してる……っぽい」

「愛してるっぽいって何？　ちゃんと言ってよ」

「言っただろ、バーカ」

そのとき、ガタッと廊下のほうから音が聞こえた。

湊とあたしは、教室のドアから廊下を覗く。

すると、そこには琥都、奈乃、快の三人がいた。

「何してんだ、おまえら」

穴があったら入りたいとは、こういうときに使うのだと思った。

三人には、すべてを見られていたらしい。

しかも、にっくんのおかしな行動の理由も明らかになった。

なかなか素直にならない湊を見かねた三人が、にっくんに頼んで湊にヤキモチをやかせようという作戦を考えたらしい。

まんまと三人の作戦にハマり、あたしたちはこうして想いを伝えることができた。

初めてのキスをして、一生、忘れられない日になった。

行方不明

【湊side】

ある日の夜。

部屋で寝ていると、いきなり部屋のドアが開いて俺は目を覚ました。

今にも泣きだしそうな結雨の声が聞こえたのと同時に、結雨は俺の体を揺さぶる。

「湊〜っ」

「……なんだよ？」

「怖い夢見た」

「ガキかよ」

「ホントに怖かったんだからぁ」

俺は布団をめくり、結雨の手を掴む。

「一緒に寝れば怖くねぇだろ？」

「いいの？」

「寝相悪かったら布団から追いだすかんな」

「ひどっ」
布団に入ってきた結雨をぎゅっと抱きしめた俺は、再び瞳を閉じた。
すると、枕もとに置いてあったスマホが振動している。
「こんな夜中に誰だよ……」
スマホの画面を見ると、琥都からの着信だった。
「どした？」
《湊？　悪い、寝てたよな》
「ちょうど起こされたとこ」
《先に結雨に電話かけたんだけど出なくて》
「結雨なら横にいるけど、どうかしたのか？」
スマホを耳に当てたまま、俺は結雨と目を合わせる。
《もしかして奈乃と一緒にいるんじゃないかと思って》
「奈乃と？　いねぇけど。夜中だぞ？」
《奈乃がいなくなったんだ》
「え？」
《奈乃の母親から連絡あって》
「琥都……今おまえ、どこにいんの？」

琥都との電話を切った俺は、すぐに着替えはじめた。

結雨は急いで自分の部屋に戻り、奈乃から連絡が来ていないかどうかスマホを確認しにいった。

奈乃がいなくなった？

こんな夜中にいったいどこに行ったんだ？

琥都と一緒に、俺も奈乃をさがしに行くことにした。

着替えて部屋を出ると、結雨も着替えて自分の部屋から出てくる。

「奈乃から連絡も来てないし、電話もかけてるけど繋がんない。どうしよ……」

「おまえは家で待ってろ」

俺が行こうとした瞬間、結雨は俺の腕をぎゅっと掴む。

「あたしも一緒に行く。奈乃のこと心配だもん」

「おばさんが起きたら心配するだろーが」

「大丈夫。湊と一緒だから」

結雨の目を見て、家で待つ気はなさそうに見えた。

「わかった。けど……」

「何？」

「絶対に、俺から離れんなよ」

家を出た俺たちは、静まり返った真っ暗な道を走っていく。

奈乃が家にいないと気づいたのは、看護師の仕事をしている奈乃の母親が、夜遅く家に帰ってきたときだったらしい。

奈乃が母親とふたり暮らしだったことも、俺は今日初めて知った。

奈乃は、部屋にスマホも財布も置いたままだという。

奈乃の母親から琥都に連絡があり、琥都からの連絡で俺たちも奈乃がいなくなったことを知った。

琥都は快にも連絡をして、ふたりも今、手分けして奈乃をさがしている。

こんな真っ暗な街の中、どこに行ったのだろう。

川の手前、左右にオレンジ色の街灯が並ぶ坂道が見えてくる。

「奈乃ー？」

俺も結雨も走りながら、必死に奈乃をさがした。

琥都は奈乃が戻ってきたときのために、奈乃の母親に家で待つように頼んだらしい。

朝までに奈乃が家に戻らなければ、母親は警察に捜索願を出すという。

コンビニ、駅前、学校の周辺など、奈乃が行きそうな場所をさがすけど、どこにも奈乃はいなかった。

結雨は赤信号の前で立ち止まり、息を切らしながら膝を両手で押さえた。

「このまま奈乃が見つからなかったらどうしよう……」

不安そうな結雨は、声を震わせる。

「見つかる。絶対に」

俺は結雨の頭を優しく叩いた。

「俺たちが見つけてやんなきゃ」

「うん」

ふと見上げた夜明け前の空。

雲間から、ひとつの小さな輝く星が見えた。


奈乃をさがして、どれくらい時間がたったのだろう。

東の空が瑠璃《るり》色へ、うっすらと明るくなりはじめた夜明け前。

手分けして奈乃をさがしまわった俺たち四人は、高校近くの公園に集まった。

疲れてフラフラになりながら、芝生の上に座った俺と結雨。

琥都は、うなだれるようにしゃがみ込んで、快は息を切らしながら、その場にあおむけで倒れ込んだ。

どれだけさがしても、奈乃が見つからない。

「奈乃……どこに行ったのかな……」

瞳に涙を浮かべて声を震わせる結雨の肩を、俺はそっと抱き寄せる。

「琥都、なんか心あたりないのか？」

「それが……今日の放課後に奈乃とカラオケに行ったとき、奈乃の中学の同級生と偶然会って……」

あとらしい。

琥都の話を聞いたところ、奈乃の様子がおかしくなったのは、その同級生に会ったあとらしい。

琥都といても、ずっとうわの空で、具合が悪いと言うから、琥都は奈乃を家まで送っていったという。

そして、夜遅くに奈乃の母親から連絡が来て、いなくなったことを知った。

「奈乃……中学のころ、いじめに遭っていたらしい」

琥都は、つらそうな表情で話す。

「でも、奈乃は昔のことをあまり話したがらなくて……」

すると、結雨が小さな声で言った。

「もしかして奈乃、ヘンなこと考えてないよね？」

「バカ言うな」

だけど、奈乃はいったいどこにいるのだろう。

「……もしかして、最初から間違ってたのかも」

そう言って琥都は、立ち上がった。

「奈乃は、どこにも行ってない」

「琥都、どういう意味？」

結雨が尋ねる。

奈乃は、どこにも行っていない？

どういうことだろう。

「きっと、あそこだ」

琥都は、道路のほうに向かって走りだす。

俺たち三人も、すぐに琥都のあとを追いかけた。

ノートの真相

公園から、琥都のあとを追いかけた。

そして、あたしたちは今、一四階建てのマンションの下にいる。

「ねぇ、琥都。ここって……」

琥都は、エレベーターのボタンを押すと、あたしの目を見てうなずいた。

ここは、奈乃が住んでいるマンションだった。

四人でエレベーターに乗り込み、琥都がボタンを押す。

最上階まで上がり、エレベーターを最初に降りた琥都は、非常階段でさらに上へと向かう。

琥都のあとを追いかけて、あたしたちも階段を上がっていくと、ドアが見えた。

おそらく、屋上に続くドアだ。

もしかして、奈乃はここに？

琥都の言葉の意味が、やっとわかった。

『奈乃は、どこにも行ってない』

琥都がそのドアを開けると、そこは思ったとおり屋上だった。

そして、向こうに見えたのは、屋上の縁に座っている女の子のうしろ姿。

風に揺れる、長くてふわふわな髪……間違いなく、奈乃だった。

「奈乃っ！」

あたしは、声を震わせて叫んだ。

奈乃はゆっくりと振り返る。

無事でよかった。

あたしたちは、奈乃の座っている場所に駆け寄っていく。

このまま見つからなかったら、どうしようかと思った。

奈乃に何かあったらと、怖くてたまらなかった。

「見つかってよかった……ホントによかった……」

奈乃を見つめるあたしは、涙をこらえる。

「みんな、どうしてここに……？」

奈乃の弱々しい声。

泣き腫《は》らした奈乃の目を見たら、胸が張り裂けそうだった。

「ここで、ずっと泣いてたの……？　ひとりぼっちで泣いてたの……？」

「結雨ちゃん……」

「寂しくなかったの？」

あたしは奈乃の肩にそっと手を置いた。

「もっと早く見つけてあげられなくて……ごめんね、奈乃」

「みんな……奈乃をさがしてくれてたの……？」

あたしは奈乃の瞳を見て、小さくうなずいた。

「おばさんから、奈乃がいなくなったって、俺に連絡があったんだよ」

琥都が言うと、奈乃は手の甲《こう》を目元にあてて、うつむく。

「ママ、今日は夜勤の日だと思ってたのに……」

「心配したんだからな、奈乃」

快が微笑んで言うと、奈乃の頬に涙が伝っていくのが見えた。

「ごめん……ね……っ」

「こんなとこ座って、危ないだろ？」

琥都は奈乃の隣に座り、そっと包み込むように奈乃を抱き寄せた。

「ごめんなさい……っ」

奈乃を愛おしそうに抱きしめる琥都は、ホッとした表情で瞳を閉じた。

夜明け前に家を出て、奈乃をさがしていたときはまだ暗かった夜空も。

今は、青とオレンジのグラデーションが美しい朝焼けが広がっている。

うっすらと明るくなりはじめた世界に、街の灯《あか》りも、もうすぐ消えるころだろう。

涼しい朝の風に抱かれながら、あたしたち五人は屋上の縁に並んで座り、街の景色を眺めていた。

「中学のころね、何度もこの場所に立った」

五人の真ん中に座っている奈乃は、過去のことを話してくれた。

「死にたいって……毎日のように思ってた」

中学のころ、奈乃はいじめに遭っていた。

いじめられるきっかけとなった出来事は、いじめに遭っていた女の子を奈乃が庇《かば》って助けたことだったらしい。

だけど、その子は不登校になり、奈乃は学校でひとりぼっちになった。

それから奈乃に対する壮絶ないじめが、はじまったという。

「あのころのこと忘れたいのに……もぉ全部忘れたいのに……っ」

うつむく奈乃は、両手で顔を覆う。

「もう二度と会いたくない人たちなのに、どうして会っちゃうのかな……」

中学の同級生に会っただけでこの場所に来てしまうくらい、奈乃は心に深い傷を負っていた。

「どうして、ひとりで耐えてたの？　誰も助けてくれなかったの？」

そう言って、あたしは奈乃の横顔を見つめる。

「いじめられている子を助けたら、今度は自分がいじめられるって……みんなそう思ってたはず」

奈乃は、遠くを見つめたままつぶやいた。

「あのころ、信じられる人なんて、学校にはひとりもいなかった」

奈乃は、担任の先生に相談したこともあったらしい。

でも、いじめはなくなるどころか、ますますひどくなったという。

「先生に相談したことが知られて、ムカついたみたい。それに、若くてカッコいい先生だったからヘンな噂まで流されて……」

奈乃が先生に恋をしているという噂まで流され、奈乃は先生とも気まずくなり、お互いに避けるようになったらしい。

「だけど、どんなにつらくてもママには、ママにだけは……絶対に言えなかった」

お母さんとふたり暮らしの奈乃は、看護師として必死に働いているお母さんに、心配かけたくなかったと言った。

お母さんとふたり暮らしというのは、あたしも同じ境遇だから、奈乃の気持ちは痛いほどわかる。

毎日頑張って働いてくれているお母さんに、悲しい思いさせたくない。

心配なんて、させたくないんだよね。

「追い詰められて、だんだん死にたいって思うようになったの。その気持ちが強くなるたびに、この場所に立った」

あのころ、誰にも助けを求めることができなかった奈乃は、たったひとりで必死に耐えていた。

死にたいと、数えきれないくらい心の中で叫んだという。

「でもね、いざこの場所に立つと、死ぬことが怖く思えたの」

奈乃は空を見上げて、震える息を吐きだした。

「一歩前に足を出せば、飛び降りてしまえば死ねるのに……怖かった」

奈乃がいちばん怖かったのは、残された人のことを考えたときだと言った。

「奈乃が死んだら、ママはどうなるんだろうって」

自分がどれだけつらくて、苦しくても。

奈乃は、大好きなお母さんのことを考えていた。

「一生、消えない悲しみを負わせるのかなって。どれだけママを泣かせちゃうのかなって。もしかしたら、奈乃のあとを追って死のうとするかもって……」

奈乃は、お母さんの気持ちを考えることで、踏みとどまっていた。

「生きるのも苦しくて、死ぬことも怖かった。どうしたらいいか、わかんなかった」

奈乃にとってこの場所は、死ぬことを踏みとどまるための場所だった。

「死ねない、だから生きるしかない。でもね……そのうち、心が壊れていったの」

奈乃は声を震わせる。

「気づいたらノートに、いじめる人間の顔を浮かべて【消えろ】って、書き殴るようになってた」

「ノートに……？　わりぃ、俺……前にそのノート見たかも」

湊の言葉に、みんな驚く。

「そっか……湊くんに見られちゃったんだね」

「なんか理由があると思ったけど、聞いていいのか、わかんなかったから」

湊なりに奈乃のことを思って、今まで聞かなかったんだね。

「前に、結雨ちゃんがラクガキされたり、水をかけられたりしてひどい目に遭ったとき、昔のこと思いだしちゃったの。気づいたら、あのころみたいに【消えろ】ってノートに書き殴ってた。頭おかしいでしょ？」

あたしがひどい目に遭ったとき、奈乃は誰よりもあたしのことを心配してくれた。

本当は昔のことを思いだして、奈乃も苦しんでいたはずなのに。

「おかしくなんかない。奈乃の心も壊れてないから」

「結雨ちゃん……」

「だって奈乃は、あたしがつらい目に遭ったとき、そばにいてくれた。助けてくれたじゃん」

あたしは、奈乃の瞳をまっすぐに見つめる。

「心が壊れていたら、誰かに優しくなんてできないよ」

「でも、あのノート見たら……結雨ちゃんだって奈乃のこと、おかしいって思うよ、きっと」

自分を傷つける人間の顔を浮かべて。

【消えろ】という文字を、数えきれないほど書いて。

奈乃は、頭の中で何度消したいと願っただろう。

いじめる人間たちも、傷つけられた記憶も。

「あたしは、奈乃がおかしいなんて思わない」

そうやって奈乃は、壊れそうな心を、自分なりに必死に守っていたのだと思うから。

その行動が、正しいか間違いかなんて、あたしには重要じゃない。

あたしにとって大事なのは、心に深い傷を負った奈乃が、どうしたら傷を癒せるかということだけ。

「大丈夫だよ、奈乃」

いじめられて、死にたいくらい苦しんで、それでも頑張って生きてきた。

傷は負ったけど、壊れてなんかいない。

「奈乃は、優しい心のままだよ」

「結雨ちゃん……」

奈乃は、悲しげに微笑んだ。

「結雨ちゃんは、どうしてひどい目に遭ったのに何事もなかったみたいにできるの？」

「あたしさ、浮気されて二階堂先輩に復讐しようとしたじゃない？　それで気づいたんだ」

誰かを憎んだり、恨んだりするのは、すごく疲れる。

心が揺さぶられて、振りまわされて、泣いてばかりで。

「誰かを憎んでる時間て、時間の無駄遣いかもって思ったんだよね」

過ぎた時間は、二度と戻ってこない。

人生は一度きりだから。

同じ時間を過ごすなら、つらい気持ちでいるより、少しでも多く笑っていたい。

二階堂先輩に復讐しようとして、あたしは学んだ気がする。

「だからね、忘れることにした」

「簡単に忘れられる……？」

「それはやっぱり、簡単にはうまくいかないよね」

ふとした瞬間に、思いだしてしまうこともある。

「でも……みんながいてくれるしね」

朝が苦手な湊が、毎朝早く起きて学校に行って、犯人を捕まえてくれた。

奈乃は、誰よりも心配してくれて、話を聞いてくれて、いつもそばにいてくれた。

琥都は、あたしがびしょ濡れになったときも、自分のブレザーをあたしの肩にかけてくれた。

快は、あたしが落ち込まないように、持ち前の明るさで笑わせてくれる。

それだけで、もう十分だと思った。

ひとりじゃ苦しくても、誰かがそばにいてくれるだけで心強い。

ほんの少しだけど、強くなれる気がする。

「みんなが味方になってくれたから、そう思えた。もし中学のころに奈乃と出逢えていたら、奈乃のそばにいて、味方になれたのになって」

もっと早く、奈乃と友達になりたかった。

「そしたら、奈乃をひとりぼっちにしないで済んだのにって……」

過去を変えることはできないけど、もし過去に戻れるのなら。

あたしは迷わず、奈乃のところに向かう。

奈乃と一緒に戦うから。

「奈乃はもう、ひとりじゃないよ」

「結雨ちゃん……っ」

「だから……つらくなったときは、なんでも話して？」

これからは、ひとりで抱え込まないでほしい。

ひとりで泣いたりしないで。

「もう奈乃を、絶対ひとりにしないから」

「ありがとう、結雨ちゃん」

あのころは、ひとりぼっちだったかもしれない。

でも今は、あたしたちがいることを忘れないで。

「俺の経験上……」

湊が、ボソッと言った。

「心の傷は、いつか治る。心配すんな」

湊は、お母さんのこと……もう平気なのだろうか。

「時間はかかっても、そばにいてくれるヤツが必ず癒してくれる」

あたしを見る湊の柔らかな眼差しに、胸がいっぱいになる。

湊の心の傷が治ったのなら、本当によかった。

するといちばん端に座っていた快が、明るい笑顔で言った。

「奈乃が生きててくれてよかった。じゃなきゃ、俺たちが今こうして一緒にいることもなくて、奈乃にも出逢えなかったわけじゃん？」

奈乃が頑張って、こうして生きていてくれたから、あたしたち五人は出逢えた。

琥都は、泣いている奈乃の頭を優しく撫でる。

「俺も奈乃に出逢えてよかった」

「あのころは……ここでどんなに泣いても……朝になっても、ひとりぼっちだったのに……」

奈乃は、自分の胸元をぎゅっと掴んで、笑顔を見せた。

「でも今は……こうして心配して、さがしに来てくれるみんながいるんだね……」

ひとりで苦しまないで。なんでも話して、頼ってくれていいから。

あたしだって、奈乃に助けてもらうこと、たくさんあるから。

誰かに頼ることは、勇気がいる。

でも、あたしたちまだ、たったひとりじゃ不安定だから。

まだ大人にはなれないから。

支え合って、助け合って、なんとか踏ん張って。

悲しい世界でも、頑張って生きていこうよ。

「ありがとぉ……みんな」

いつのまにか、すっかり明るくなっていた街。

見上げれば薄い雲が広がる青い空。

屋上の縁に座って、五人で見たこの景色を、あたしは忘れないよ――。

何もかも、うまくいかない世界、狭く息苦しい世界。

傷つくたび、苦しむたび。

どうして、こんな悲しい人生なのだろうと、嘆くこともある。

どうして、あたしたちは、この世界に生まれてきたのだろう。

生まれてきた意味。

その答えはまだ、わからない。

でも、これだけは言える。

誰かに傷つけられるためだけに、生まれてきたわけじゃない。

誰かに傷つけられるだけの人生で終わらせるなんて、そんなの悲しすぎるから。

弱くなる日もあるし、強くなろうと頑張れる日もある。

その繰り返しの中で、あたしたちは何を見つけられる？

未来はきっと幸せだと、あたしたちは夢を見て、信じて、生きてもいい――？

文化祭

今年も秋深まるころにやってきた、我が北十字《きたじゅうじ》高校の文化祭。

うちのクラスは、女子も男子も浴衣を着て、グラウンドの隅の屋台で、やきそばを作って売っている。

「いらっしゃいませーっ」

あたしは大きな声で叫びながら、屋台の列に並んでいるお客さんたちに紙コップの麦茶を配っていた。

もくもくとした煙に包まれながら、湊は鉄板の上でやきそばを焼いている。

浴衣の袖をまくり、首元にはタオルをかけて、湊がめずらしく張りきって頑張っていた。

湊の浴衣姿を見るのは久しぶりで、なんだかドキドキする。

「結雨ちゃん、休憩しに行こう?」

奈乃が缶ジュースを持って、あたしのところにやってきた。

「ありがとぉ」

あたしはジュースを受け取り、奈乃と一緒に教室へ向かう。

「もぉ～疲れたぁ」

朝からずっと立ちっぱなしで、あたしはフラフラになりながら廊下を歩いていく。

「大丈夫？　結雨ちゃん、朝からめちゃめちゃ頑張ってたもんね」

「奈乃もおつかれ」

教室に戻ると、誰もいなかった。

缶ジュースを片手に、あたしたちは窓からグラウンドの様子を見つめる。

「湊が……モテてる……」

「湊くん、カッコいいからねぇ」

やきそばを焼いている湊が目当てなのか、他校の女子たちが殺到し、相変わらず長い行列を作っている。

湊がモテるのは昔からだけど、こうして彼女という立場になると、やっぱり嫌な気持ちになってしまう。

彼女になったからって、湊をひとりじめしたいなんて思うのは、わがままなのだろうか。

「連絡先とか聞かれたり、写真一緒に撮ってほしいとか、朝から言われまくってた」

「でも、湊くんらしく、ハッキリ断ってたよね」

「だけど、見てるだけで嫌だった……」

落ち込むあたしの肩に手を置いた奈乃は、ニコッと笑う。

「湊くんは、結雨ちゃんのことしか見てないから。そんなに心配することないと思うよ?」

「でもね……あ〜モヤモヤするっ」

頭ではわかっていても、心が思いどおりにならない。

好きになればなるほど、苦しくなる。

ほかの女の子がどうしようと、湊だけを信じていればいいのに。

湊を好きな気持ちだけ、大事にすればいいのに。

恋心って、どうしてこんなに複雑なの?

「あ〜もぉ、自分が嫌になるっ」

「ふふっ。結雨ちゃんのそういう正直なところ、かわいくて好きだよ?」

そのとき、うしろから声がした。

「おーい、奈乃っ」

振り返ると、教室のドアの前に琥都が立っていた。

「下で、野菜切るの手伝ってくんない?」

「うんっ、わかった。ちょっと行ってくるね、結雨ちゃん」

奈乃は、飲みかけの缶ジュースを机の上に置いて、琥都のほうへ歩いていく。

「ねぇ、奈乃だけ？　あたしは手伝わなくていいの？」

「あー、快が、奈乃だけ呼んでこいって」

琥都は頭をかきながら、気まずそうに答えた。

「それってさぁ、あたしが野菜切るの下手くそだってこと？」

「いや、俺は何も言ってないから。何も言ってないぞ？」

「もぉ！　快のヤツ～」

すると、奈乃が振り返ってあたしを見た。

「結雨ちゃんは、朝からずっと頑張ってたから、ゆっくり休憩してて？」

「ホント優しいよね、奈乃は。快にバーカって言っといて」

「ふふっ、わかった。行ってくるねっ」

奈乃はあたしに手を振って、琥都と一緒に教室を出ていった。

窓から、他校の女子に話しかけられている湊を見つめる。

「めっちゃ嫌そうな顔してる。まぁ、デレデレしてたら許さないけどね」

湊は、黒い浴衣が似合っていた。

あたしは水色の浴衣にピンク色の帯をして、メイクも髪も、奈乃にかわいくしてもらった。

でも、湊はかわいいなんて、一言も言ってくれない。

文化祭なんて、カップルにとっては大イベントなのに、このまま何事もなく終わりそうな気がする。

カップルらしく、手を繋いで一緒に校内をまわりたかった。

うちのクラスの屋台が、湊のせいで予想以上に繁盛してるから、忙しくて休憩もバラバラだ。

「でも、みんな楽しそうだし……まぁ、いっか」

あたしは缶ジュースを一気に飲み干した。

細長い雲が、ゆっくりと茜《あかね》色の空を流れる夕暮れ。

楽しい時間はあっというまに過ぎ、文化祭も終わりに近づいていた。

他校から来た生徒たちも帰りはじめていくなか、グラウンドで屋台をしていたクラスのほとんどが、片付けに入っていた。

あたしは大きなゴミ袋を校舎裏に捨てに行ったあと、教室に戻ろうと廊下を歩いていた。

「うわ、すげぇかわいい」

他校の制服を着た男子四人組が、あたしの前で立ち止まった。

彼らは、ニヤニヤしながらあたしを見る。

「浴衣、かわいいね」

そう言って、ひとりの男子がいきなり顔を近づけてくる。

とっさの愛想笑いで、顔がひきつる。

「今度さぁ、俺たちの高校の文化祭に来てよ」

「文化祭……ですか」

「名前なんつーの？　連絡先、教えてよ」

「いや、あのぉ……」

「このあと、なんか予定ある？　俺らと遊びいこーよ」

「あの、あたし……」

彼氏がいると言おうとした瞬間、うしろから誰かに腕を掴まれ、勢いよく引っぱられた。

あたしの顔は、かたい胸元にぶつかる。

この匂い、この感触。

上を向くと、湊だった。

「慣れ慣れしいんだよ。こいつ、俺のなんだけど」

湊はあたしを抱きしめて、彼らを睨みつける。

「チッ、なんだよ。行こうぜ」

彼らは、あたしたちの横を通りすぎて歩いていった。

あたしは湊の背中に手をまわし、くしゃっと浴衣を掴む。

湊の胸元に顔をあてたまま、あたしはニヤニヤしていた。

「へへっ」

「なに笑ってんだよ？」

頭の上から冷めた声が聞こえたと同時に、湊はあたしの体を離した。

湊は不機嫌そうな顔で、あたしを見る。

「なんで怒ってんの？」

「は？」

「あれ？　ヤキモチやいちゃった？」

あたしがニコッと笑うと、湊は呆れたように言う。

「アホか。いいから来い」

湊は、あたしの腕を掴むと、足早に廊下を歩いていく。

「どこ行くの？　片付けとか、まだ途中なのに……」

「今日、十分頑張っただろ」

「そうだね。湊もめずらしく頑張ってたね」

湊は、あたしを連れて階段を上がっていく。

そして、屋上に続くドアの手前で、湊は立ち止まった。

「こんな場所に連れてきて、なんなの？」

「いいから、そこ座れ」

あたしは湊に言われるがまま、階段のいちばん上に座った。

「手ぇ、出せ」

「手？　右手？　それとも左手？」

湊はあたしの隣に座ると、あたしの左手を掴んだ。

浴衣の袖口から、絆創膏《ばんそうこう》を取りだした湊は、あたしの左手の親指を見つめる。

「ホント、不器用だよな」

呆れたようにつぶやいた湊は、あたしの親指の小さな切り傷に、絆創膏を貼ってくれた。

野菜を切っているときに、ほんのちょっと包丁で切ってしまっただけなのに。

「よく気づいたね。あたし、すっかり忘れてたのに」

「どんだけ鈍いんだよ」

「たいしたことないもん」

「あっそ。せっかく保健室まで行って絆創膏もらってきてやったのに」

ため息をこぼした湊を見つめて、あたしは微笑む。

「なんだよ?」

「めずらしく優しいなーって思って」

「あ? いつも優しいの間違いだろーが」

湊はあたしの頬を、ぎゅっとつねる。

「それよりおまえ、ほかの男の前でヘラヘラしてんなよ」

不機嫌な表情のままの湊は、あたしの頬から手を離した。

「べつに、ヘラヘラなんてしてないよ?」

「さっき俺が行かなかったら……」

「湊だって、他校の女子からいっぱい話しかけられてたくせに」

あたしは頬を膨らませる。

「俺はおまえと違って、隙なんか見せねぇし」

「あたしのどこが……」

「だいたいおまえさ、文化祭だからって、やけに気合い入ってね?」

湊にちょっとでもドキドキしてもらいたくて頑張ったのに、そんな言い方しなくても……。

「おまえ……それ以上、かわいくなってどーすんの?」

胸がぎゅっとなる。

「ほかの男にモテたいわけ？」

「ち、違うよ。あたしは、湊にかわいいって思ってもらいたくて……」

「だったら、俺の前でだけかわいくいればいいじゃん」

もしかして、すねてるの？

湊がかわいくてたまらない。

「心配なんだよ。おまえがほかの男といると」

湊は、顔を背けて言った。

あたしも同じ。

湊が他校の女の子たちに話しかけられているだけで、嫌だった。

「あたしもだよ」

「え？」

「女の子たちに話しかけられてる湊をみて、今日ずっと、ヤキモチやいてたの」

好きになればなるほど、わがままになる。

好きな気持ちが大きくなるほど、ひとりじめしたくなる。

「俺は、おまえしか見てねぇよ」

湊はあたしの瞳をまっすぐに見つめる。

「湊……」

「おまえだけだから」

湊はあたしの背中に手をまわし、あたしを優しくそっと抱きしめた。

何も言葉を交わさなくても、こうして、そばにいられるだけでいい。

湊と抱き合っていると、ヤキモチをやいたことなんて、どうでもよくなってくる。

湊を好きな気持ちだけが、胸の中をいっぱいにしてくれるから。

瞳を閉じて、湊の胸の鼓動を聞いていた。

いつまでも、こうしていたい。

大好きだよ……湊……。

まるで時間が止まったかのような、ふたりだけの世界。

それを邪魔するかのように、いきなり大きな音が鳴り響く。

――ピンポンパンポーン。

校内放送の音に、嫌な予感がした。

《みなさーん！　今年もやって参りましたー。我が北十字高校、文化祭最後の大イベントでーす！》

文化祭のイベントといえば、よみがえる悪夢。

一年のときの文化祭。

ランキングの一位に選ばれた湊とあたしは、壇上に上がらされて、全校生徒の前で恥ずかしい思いをした。

《みなさん、片付けは進んでますかー？　体育館に来られずに片付けを頑張っている人たちも、この放送を聞きながら、ぜひ楽しんでくださいね》

あたしたちは無言で顔を見合わせる。

《さてさて、たった今、集計結果が出たようですよ。では発表しまーす。今年の北十字高校一のイケメンに選ばれたのは……》

まさかね。

そんなわけない。

《二年三組の朝霧湊くんです！　二年連続なんてすごいですね～》

「ねぇ、選ばれてるよ？」

「知らねぇよ」

《そして北十字高校一の美少女に選ばれたのは、同じく二年三組の一色結雨さんです！　彼女も二年連続ということで、ワンダフォー！》

誰か、嘘だと言ってほしい。

「おい、おまえも選ばれてんぞ？」

「なんなの、もぉ～。恥ずかしすぎる……これ誰得イベントなわけ？」

「ホントな」
さらに、司会の声が大きくなる。
《おーっと！　この結果に、二年三組の担任でもあります久保寺先生も、大喜びで壇上に上がってきました！》
くぼっち……？
《久保寺先生による、喜びのダンスです》
「アイツ、なんなの」
「ふふっ。ホント何してんだろうね」
さらに、くぼっちのインタビューが校内放送で流れた。
《ええ、ホントにね、うちのクラスの湊と結雨が選ばれて、うれしく思います。来年はぜひ、俺が一位をとりたいと思います》
湊は呆れたようにつぶやいた。
「アホくさ」
《では、見事一位に選ばれた朝霧くんと一色さん、表彰式を行いますので壇上に上がってきてくださーい》
今年もあれやるの？
表彰式といいつつ、あんなのただの、さらしもの。

「湊……うちら呼ばれてるよ？」

「ほっとけ」

《どうやら、ふたりは体育館にいないみたいですね。校内のどこかで片付けしてるんですかね？　ふたりを見つけた生徒は、声かけてあげてくださいねー。では、ふたりを待つ間に、三年生のバンドの登場でーす。みんな盛り上がっちゃってください》

せっかく湊といい雰囲気だったのに。

やっと、ふたりっきりになれたのに。

「湊、どうする？」

「ここにいれば見つかんねぇよ」

「でも、行かないとまずくない？」

あたしが立ち上がると、湊はあたしの腕をぎゅっと掴んだ。

「行くな」

湊は下からジッと、あたしを見つめる。

「おまえと離れたくない」

そんなこと言われたら、心臓止まる。

「あたしも一緒にいたいけど……」

「じゃあ、ここにいろ」

湊は、あたしの腕を掴んだまま、その場にもう一度あたしを座らせた。

あたしの前髪に触れる湊の指が、くすぐったい。

「結雨」

湊に名前を呼ばれるだけで、ドキドキする。

湊の顔がゆっくりと近づいてきて、あたしは瞳を閉じた。

優しいキス。

キスをすると、魔法にかかったみたいに、一瞬で何も考えられなくなる。

そっと唇が離れると、お互いの息を感じるほどの距離で見つめ合う。

そのあとも、キスをした。

息もできないくらい、何度も、何度も。

「湊……ここ、学校だってわかってる……?」

「嫌なら、よけろよ」

「……ずるいよ」

嫌じゃない。

あたしの心臓が、持たないだけ。

「そんな瞳で見んな」

あたし今、たぶん顔が真っ赤だ。

「よけねぇの？」

あたしの耳元で囁く湊は、あたしの髪にスッと指を通す。

「いじわるしないで」

耳に優しくキスをされて、胸がぎゅっとなる。

「好きだから、いじめたくなんだよ」

もっと、もっと近くにいきたい。

あたしが湊の首に腕を絡めると、湊はあたしを優しくあおむけに倒した。

視線がぶつかると、湊は照れたようにつぶやく。

「おまえ……かわいすぎ」

体中が熱くなっていく。

「やっと、かわいいって言ってくれた」

少しすねたような口ぶりで言うと、湊はあたしのおでこにキスをした。

普段は冷たくて、いじわるだけど……好き。

こうして、優しく髪を撫でてくれる湊が好き。

あたしを見つめるときの、湊のまっすぐな瞳が好き。

ヤキモチやいて、すぐに不機嫌になる湊も好き。

つらいとき、泣きたいとき、抱きしめてくれる湊が好き。

どんな湊も。

湊の全部が、大好き。

「結雨……」

あたしを呼ぶ、聞き慣れたその声も愛しい。

誰にも見つからないように、ヒミツのキスをして。

何度も、何度も愛を確かめ合った。

文化祭の最後は、ふたりだけの幸せな、ヒミツの時間――。


――一七歳。

子どもでもないけど、大人でもない。

早く大人になりたいと、心の中で願いながらも。

いつまでもずっと、こんな日々が続いていくのだと、まるで子どものように、純粋に信じていた。

変わらないものなんて、どこにもない。

――一七歳。

まだ何も知らずにいたあたしたちの、いちばん幸せな時間だったかもしれないね。

第三章

高校三年生。

新たな問題、永遠を信じた愛。

穏やかな時間

月日は流れ、あたしたちは高校三年の春を迎えていた。

一年間という期限どおり、湊のお父さんは出張先のシンガポールから日本に帰ってきた。

それと同時に、湊との同居生活は終わり、湊は六〇二号室の自分の家に帰ることになった。

寂しくないと言ったら、嘘になる。

だけどもう、ただの幼なじみじゃない。

あたしたちは、彼氏彼女という関係になった。

それに、逢いたくなったら、すぐに逢える距離にいる。

「……朝だぞ」

湊の声が聞こえた気がして、目を覚ました。

自分の部屋で寝ているはずなのに、どうして湊の声が聞こえるのだろう。

重たい瞼を開けると、ベッドの上に座った湊が、あたしを見つめていた。

「え……えぇっ⁉」

パチッと目を開けたあたしは、びっくりして飛び起きる。

「ど、どぉして⁉」

「何がだよ」

お父さんが日本に帰ってきて、湊は自分の家に戻ったはず。

なのにどうして湊が、朝からあたしの部屋にいるわけ？

「おまえを起こしに来たんだよ」

「え？　もうそんな時間？」

「うん」

朝の弱い湊が、あたしを起こしに来るなんて驚いた。

「あれ？　お母さんは？」

「おばさんなら、さっき仕事に行ったけど」

「それで、いつからあたしの部屋にいたの？」

「だいぶ前から」

「それなら早く起こしてよ」

「おまえの寝顔が面白くて見てた」

「ちょっとぉ！」

あたしは、湊の肩をグーで殴った。

まさか、イビキかいてないよね？

口開けたまま寝てなかったよね？

湊は大きな口を開けて、あくびをした。

「それより、湊がちゃんと起きてくるなんて、めずらしいね」

「親父がわざわざ仕事へ行く前に、俺を起こしにくる」

「ふふっ、そっか」

こうして、湊との同居生活が終わっても。

あたしたちはいつだって、すぐに会える距離にいる。

「眠いよぉ」

少し甘えた声で、あたしは湊の体にもたれかかった。

朝起きてすぐに湊の顔が見られるなんて、本当に幸せだ。

「また夜中までケータイ小説読んでたのか？」

「あたしの日課ですから」

制服姿の湊は、手に持っていた自分のネクタイを首にかけて結ぼうとする。

「ネクタイ、結んであげよっか？」

「じゃ、やって」

湊はネクタイを首にかけたまま、あたしのほうに向いた。

ベッドの上で向かい合って座り、あたしは湊のネクタイを結ぶ。

「そんなに見ないでもらえるかな？」

湊があたしをジッと見つめるから、恥ずかしくなる。

あたしは少しうつむきながら、ネクタイを結んだ。

チラッと湊の顔を見ると、湊はまだあたしのことを見つめていた。

「んもぉ、そんなにあたしのことが……」

「いや、おまえ……頭ボッサボサだから」

「うっそ！」

ネクタイから手を離したあたしは、慌てて自分の髪を両手で整える。

三年生になったら、女子力を磨くと自分に誓ったのに。

「直った？」

「いや。どうしたらそんな寝ぐせつくんだよ？」

「もういい。あとでちゃんと直すから」

「そうしろ」

すると、湊はあたしをベッドの上に押し倒した。

あたしの上に覆いかぶさった湊は、ジッとあたしを見つめる。

「湊……？」

心臓の音がどんどん速くなっていく。

「どうしたの？」

「キスしたくなった」

「お、お母さんに見つかるよ？」

「さっき仕事行ったって、言っただろ？」

あたしたちは、いまだに付き合っていることを親に話していない。

言えなかったのは、湊がうちで同居しているということもあった。

でも、湊との同居が終わっても、今も話せずにいる。

「付き合ってること、いつまでヒミツにするつもりなの？」

「もし親にバレたら、こんなふうに堂々とおまえの部屋に来れなくなるかもよ？」

「それは……嫌だけど……」

もしも付き合っていることが親に知られたら、今までどおりには、いかないかもしれない。

湊がうちで一緒に暮らしていた間、お母さんは湊とあたしが付き合っているなんて、夢にも思っていない感じだった。

小さいころから、あたしたちを見てきているからだろうか。

仲のいい幼なじみくらいにしか、思っていないみたい。

だからこうして部屋を行き来していても、何も言われない。

「そろそろ学校行く準備しなきゃ」

「まだいいだろ」

「どいてってば」

「やだ」

湊は、上からあたしの両手を押さえると、キスであたしの口を塞いだ。

もう、抵抗なんてできない。

何度も何度も、キスをされているうちに、体中が熱くなってくる。

湊のことが、好きで好きでどうしようもない。

「結雨……っ」

唇がそっと離れると、湊は、まっすぐな瞳であたしを見つめた。

この瞳が、本当に好き。

あたしたちは、ベッドに横になったまま見つめ合う。

「そういえば、おまえに渡すものあったんだ」

「何？」

湊は制服のポケットから、シルバーのネックレスを取りだして、あたしに見せた。

「プ、プレゼント⁉」

「うん」

「湊があたしに⁉」

しかも、このネックレス……湊と前にデートしたときに、あたしが欲しがっていた物だ。

ちゃんと覚えていてくれたことも、あたしのために内緒でプレゼントを買いに行ってくれたこともうれしい。

湊は、あたしの首元にネックレスをつけてくれた。

「ありがとぉ、湊……すっごくうれしいっ」

あたしは笑顔で、湊にぎゅっと抱きついた。

「ねぇ、だけど……なんで今？」

「バレンタインのお返し」

「そうだよね～。ホワイトデー何もくれなかったもんね～」

「は？　遊園地に連れていってやっただろーが」

「ふふっ。ホワイトデーだいぶ過ぎたけど、ありがとっ」

あたしは、ネックレスを指で撫でた。

「湊、ネックレスあげる意味って知ってる？」

「さぁな」

「独占したいとか、永遠に離さないって意味もあるんだよ？」

「俺はべつに、何も考えてねぇけど」

「でしょうね」

すねたあたしは、ベッドから起き上がろうとするけど、湊に押さえつけられて動けない。

「おまえ、ときどきすっげぇかわいくなるよな」

その言葉だけで、一気に顔が熱くなる。

湊は、あたしの頭を撫でながら言った。

「俺から離れんな」

「うん」

「ずっと、俺のそばにいろよ？」

「うん……約束する」

あたしが頬にキスをすると、湊はあたしの唇にキスをした。

「……遅刻したら、おまえのせいな」

「湊のせいだよ」

「おまえが悪い」

「なんでよ」

「……言わせんな」

このままずっと、湊の大きな手に触れられていたい。

ずっと、ずっと……キスしていたい。


──キーンコーン、カーンコーン。

朝のHRのはじまりを告げるチャイムが校内に鳴り響くなか、湊とあたしは校舎の廊下を全力で走っていく。

三年三組。あたしたちの教室が見えてくる。

湊とあたしは息を切らしながら、教室に駆け込んだ。

「ハァ〜、間に合ったぁ」

すると、真っ先に担任のくぼっちが、満面の笑みであたしたちを迎えた。

「おはよーさん。間に合ってないけどな」

「えー？　見逃してよぉ。チャイムと同時だったのに」

あたしは、口を尖らせる。

「じょーがないな。大目に見るのは今日だけだぞ？　バカップル」

湊は、くぼっちを睨みながら自分の席に座った。

「うるせーよ。バカップル言うな」

「はいはい、校内一カップル」

「黙れ」

「じゃあ……超ラブラブカップル？」

「やめろ」

うちの高校は、二年から三年になるときに、クラス替えはない。

そして三年三組も、くぼっちこと、久保寺先生が受け持つことになった。

席も二年のときと変わらず、出席番号順。

教卓の前に立つくぼっちは、出席簿を手にとる。

「じゃ、出席とるぞー。はい、そうゆうことなのかーい」

「出席とるの雑っ！　ちゃんとひとりずつ呼んで？」

快がいちばんうしろの席から叫んだ。

すると、あたしの前の席に座っている湊が、ボソッとつぶやく。

「つか、席替えしねぇの？」

「べつに席替えしてもいいけど、湊はいちばん前だぞ。すぐ寝るから」

くぼっちは、ニコッと笑う。

「ふざけんなよ」

くぼっちは湊の頭をポンポンと叩いた。

出席をとり終えたくぼっちは、教卓に両手をつき、クラス全体を見まわす。

「高校生活も最後の一年だな」

一年は、案外長いようで短い。

卒業なんて、まだまだ先のことだと思っていたのに、もう三年生だ。

「一年前、二年の始業式の日に先生が言った言葉。みんなちゃんと覚えてるか？」

「もちろん覚えてないでーす」

快が大きな声で叫ぶと、くぼっちは左肩をガクッと落とした。

「ちょい待て。おまえら誰も覚えてないのか？」

くぼっちの言葉に、クラスのみんなは黙り込む。

「うぉい！　全力で思いだせっ。はい、思いだした人、手ぇあげてー」

みんなは黙ったままで、誰も手をあげない。

その光景を見たくぼっちは、呆れた表情でため息をついた。

「おまえらって本当……そういうときだけクラスの団結力、発揮するよな」

そのとき、ＨＲの終わりを告げるチャイムが鳴った。

「嘘だろ？　これからイイ話しようと思ったのに……」

くぼっちがうなだれると、クラスのみんなは一斉に笑った。

「まっ、今日もみんなで楽しい一日を過ごそうぜ！　以上っ」
そう言ってくぼっちは、笑顔で手を振りながら教室を出ていった。
高校三年の春を迎えたあたしたち。
高校生活最後の一年間。
これから、あたしたちにどんな日々が待ちうけているのだろう。
だけど、穏やかな日々は、そう長くは続かなかった。
神様は、なんていじわるなんだろう。
人生なんて本当に、いつ何が起こるかわからない――。

――湊だけは。

何があっても、あたしの気持ちをわかってくれるって信じていたのに……。

あたしはただ、大切なものが消えていく気がして、怖かったんだ――。

大問題発生

夜の八時すぎ。

うちのマンションから徒歩で五分ほどの距離にあるイタリアンレストランで、久しぶりの外食をしていた。

湊のお父さんが帰国してから初めて、湊とあたしとお母さんの四人で集まっている。

レストランの窓際の席で、他愛もない話をしながら、コース料理を楽しんだ。

「わーいっ、デザートだぁ」

コース料理の最後、デザートのお皿が運ばれてきた。

チョコレートケーキにベリーなどのフルーツ、アイスも添えてある。

「おいしそぉ～」

「結雨、お母さんのデザートもあげるわ」

「え？　お母さん食べないの？」

「もう、お腹いっぱいなのよ」

「じゃあ、もらうね。やったぁ」

あたしの前には、デザートのお皿がふたつ。

「……おまえ、ホントよく食うよな」

隣で湊がボソッと言ったのを、あたしは聞き逃さなかった。

「なんか文句あるわけ？」

「俺でさえ、腹いっぱいなのに」

「お腹いっぱいなら、湊のデザートもちょーだい？」

「はぁ？　俺のも食う気かよ？　おまえマジでブタになんぞ」

「うるさいなぁ。デザートは別腹なの」

「フッ……ブータ」

湊といつものように言い争っていると、お母さんも湊のお父さんも、あたしたちを見て微笑んでいた。

「小さいころから本当に変わらないなぁ」

湊のお父さんの言葉で、あたしたちは言い争うのをやめた。

あたしたちはデザートを食べながら、お互いに睨み合う。

「あ、そういえば、おじさん」

「なんだい？　結雨ちゃん」

「あたし、お土産あんなにたくさんもらっちゃっていいの？」

「いいんだよ。結雨ちゃんにはいつも湊の面倒を見てもらっているし、それに娘みたいに思ってるから」

「ふふっ。ありがと。おじさんっ」

手に持っていたワイングラスをテーブルに置いて、湊のお父さんは優しく微笑んだ。

「結雨ちゃん、湊……」

あたしは、フォークを口に入れたまま、湊のお父さんの顔を見る。

「今日は大事な話があるんだ」

あたしは口からフォークを離し、湊と顔を見合わせた。

もしかして、湊とあたしが付き合っていることを知られてしまったのだろうか。

真剣な表情に変わった湊のお父さんを見て、急に緊張してきてしまった。

「こんなふうに、四人で過ごす時間をもっと増やしたいと思っているんだ」

湊のお父さんは、お母さんの顔を見て微笑んだあと、あたしたちに言った。

「結雨ちゃん、湊……家族になろう」

——カチャン。

あたしは手に持っていたフォークを、お皿の上に落としてしまった。

「家族……？」

あたしは頭の中が真っ白になる。

「結雨ちゃんのお母さんと、再婚したいと思ってる」

思いもよらない湊のお父さんの発言に、あたしは言葉を失う。

どういうこと？

湊のお父さんと、うちのお母さんが……再婚？

こんなこと、夢にも思っていなかった。

いきなりそんなことを言われても、何を言えばいいのかわからない。

ふたりは、愛し合ってるってこと？

いったい、いつから？

嘘だよね？

こんなの嘘に決まってる。

「おじさん、なんの冗談？　やめてよ、もぉ」

「結雨ちゃん、驚かせてしまったかもしれないけど、本気なんだ」

「本気って……」

あたしはお母さんの顔を見る。

「まさか、お母さんもそのつもりでいるの？」

そんなはずないよね？

お母さんは、再婚なんてしない。

湊のお父さんが、勝手に言ってるだけだよね？

「お母さん、違うよね？」

どうして黙っているのだろう。

冗談だって笑い飛ばしてほしいのに。

こんなの嘘だって、早く言って。

「結雨。私も四人で家族になりたいと思ってるわ」

お母さんの言葉を聞いた瞬間、目の前が真っ暗になった。

大きなショックと同時に、怒りが胸の奥から込み上げてくる。

「いつから、そんな関係だったわけ？」

悲しさからなのか、怒りからなのか、わからない。

手が震える。

あたしは、チラッと湊の顔を見た。

湊はさっきから、デザートを黙々と食べている。

なんで湊は、何も言わないのだろう。

どうしてそんなに冷静でいられるのだろう。

再婚なんてされたら、あたしたちだって……。

どんな関係になるか、わかるでしょ？

「結雨ちゃん、おじさんが四人で家族になりたいって言ったんだ。お母さんのことを責めないでほしい」

「おじさんは黙っててよっ」

「結雨、その言い方はなに？　湊くんのお父さんに謝りなさい」

なんであたしが怒られなきゃいけないの？

ひどいよ、お母さん。

「いいんだ。気にしないで。結雨ちゃんの気持ちもわかるから」

「わかるわけないっ」

勝手なこと言わないで。

あたしの気持ちなんて、湊のお父さんにわかるわけない。

「あたしは絶対に認めないから。再婚するなんて……あたしが許さないからっ」

「結雨、ちょっと落ちつきなさい」

いきなり家族になりたいだなんて。

再婚するだなんて。

こんな話をされて、落ちついていられるわけない。

「どうして、そんなに嫌がるの？　湊くんとも一年間、仲良く暮らしたじゃない。湊くんのお父さんのことも昔から大好きだったでしょ？」

「それとこれとは、べつだよ」

湊のお父さんのことは、あたしだって好きだよ。

だけど、そういう問題ではない。

あたしのお父さんは、ちゃんといる。

「あたしは嫌。新しいお父さんなんていらないからっ」

家族になるなんて、冗談じゃない。

こんな形で、湊と家族になんてなりたくない。

湊のことが好き。

湊とずっと一緒にいたい。

だから、湊と家族になるのは、あたしがいつか湊のお嫁さんになるときだと思っていた。

こんなこと、絶対に無理。

絶対に認めない。

「結雨ちゃん、おじさんはただ、みんなで一緒に穏やかに暮らしたいだけなんだ」

「嫌だって言ってるじゃんっ」

イスから勢いよく立ち上がったあたしは、お母さんを見る。

「結雨、座りなさい」

お母さんのあたしを見つめる瞳。

どうしてそんな悲しげな瞳で、あたしを見るのだろう。

あたしは何も、悪いことなんてしていないのに。

そんな瞳で見られたら、あたしが悪者みたいだ。

「再婚なんて、絶対にしないで」

「結雨……」

「あたしは認めないからっ」

こんなこと絶対に認めない。

「結雨に反対されても、お母さんの気持ちは変わらないわ」

「なにそれ……。あたしの気持ちなんて、どぉでもいいわけ？」

お母さんが、こんなこと言うなんて思わなかった。

「お父さんのことは……？」

「結雨……」

「もう忘れたの？」

死んだお父さんのことを、お母さんはもう忘れたの？

あんなに仲のいい夫婦だったのに……。

「天国にいるお父さんが、かわいそうだよっ」

あたしは自分のカバンを持って、レストランの出口のほうに走っていく。

「おいっ、結雨っ」

うしろから聞こえた湊の声にも振り返らず、あたしはそのままレストランを出た。

夜風がひんやりと冷たい。

レストランを出たあたしは、人通りのない暗い道を走っていく。

「……っ、ううっ……」

どうして、こんなことになるの？

お母さんと湊のお父さんが再婚するなんて、そんなの絶対に嫌。

天国にいるお父さんは、どうなるの？

あたしが小学生のとき、お父さんは死んだ。

あれからもう、何年もたった。

それでもお母さんは、ずっとお父さんのことを愛していると思っていた。

一生、お父さんのことだけを想って生きていくのだと、そう信じていた。

お母さんは、お父さん以外の人を愛したの？

それもよりによって、湊のお父さんだなんて信じられない。

うちのお父さんとお母さんは、本当に仲良しだった。

家の中は、いつも笑顔が絶えなくて、そんなふたりが、あたしも大好きだった。

お父さんが死んだとき。

あたし、お母さんの前では一度も泣かなかった。

お母さんがお父さんを失って、どれだけ悲しいか、痛いほどわかっていたから。

お母さんがどれだけお父さんを大好きだったのか、知っていたから。

それなのに、どうして？

どうしてほかの人と、再婚なんてするの？

あたしは、静かな夜の公園の中に入っていく。

ブランコと鉄棒の前を通りすぎて、タコの山のトンネルに背中を丸めて入ったあたしは、膝を抱えて座った。

今思えば、一年前、湊をうちで預かることにしたのも……。

もしかしたら、このためだったのかもしれない。

最初から家族になるための、同居だったのかもしれない。

もし家族になんてなったら……。

湊とあたしは、血の繋がりはなくても兄妹になるということ？

そんなのありえない。

考えたくもない。

「おい」

声が聞こえて、あたしはトンネルの入り口のほうを見た。

「そんなとこ隠れてねぇで出てこいよ」

湊は地面にしゃがみ、トンネルの外からあたしを見ていた。

「あたしのこと、追いかけてきたの？」

「おまえ、逃げ足だけはマジで速いな。次のオリンピック出れば？」

「こんなときによくそんなつまんない冗談言えるよね」

トンネルの外にいる湊は、大きなため息をつく。

「早く出てこいって」

あたしは首を横に振って、顔を膝にうずめた。

「ったく。出てこねぇなら、俺がそっち行くしか……」

湊は四つん這いになって、トンネルの中に入ってくる。

「狭ぇーし、暗ぇし……」

湊はブツブツと文句を言いながら、あたしのほうにやってきて隣に座った。

「帰んぞ」

湊はあたしの腕を掴むけど、あたしはその場から動こうとしなかった。

「帰りたくない」

「……ガキかよ」

「ほっといてよ」

あたしは、湊の手を無理やりほどいた。

「ほっとけるわけねぇだろ」

湊はあたしを見つめる。

「なんで湊は冷静でいられるの？　再婚だよ？　大問題だよ？　優雅にデザート食べてる場合じゃないでしょ？」

「べつに優雅に食ってたわけじゃねぇけど」

湊はあたしから顔を背けて、自分の髪をくしゃくしゃする。

「もしかして、湊……前から知ってたの？」

「……なんとなくな」

その言葉を聞いて、さらにショックを受けた。

「いつから気づいてたの？　うちで同居する前から？」

「おばさんの気持ちは知らなかったけど、親父は前から、おばさんのこと想ってんだろーなって。雰囲気でな」

湊は、前から気づいていたんだね。

「親父が出張に行ってる間も、頻繁に連絡取り合ってたみたいだし」

それは、あたしも知っていた。

でもそれは、離れて暮らしている湊の様子を、湊のお父さんに伝えるためだと思っていた。

ふたりがそんな関係だったなんて、今まで一度も疑ったことはなかった。

「なんで湊は、今まであたしに何も言わなかったの？」

「べつに親父に確認したわけじゃねぇし、まさか再婚まで考えてるとは思ってなかった」

「ねぇ、今からでも遅くないよ」

あたしは湊の腕をぎゅっと掴む。

「あたしたちが付き合ってること、親に話そうよ」

「俺ら付き合ってるから再婚なんかすんな、今すぐ別れてくれって？」

「そうだよ。そう言うしかないよっ」

「それでも親父たちが再婚するって言ったら？」

湊は、あたしの顔をまっすぐに見つめる。

「親父もおばさんもさっきの感じじゃ、意志かたそうだったし……逆に俺らが別れろって言われたら、どーすんだよ？」

あたしたち、別れたくなんかない。

「今俺らのこと話しても、問題が複雑になるだけだろ」

「湊は再婚に反対じゃないの？　あたしたちが家族になって、兄妹になっても平気なの？」

「……平気じゃねぇけど、そうなったら、しょーがねぇじゃん」

「しょうがない？」

なんで、そんなふうに思えるの？

湊は、あたしとの将来を考えていないってこと？

ずっと一緒にいるって、そう言ったのに。

「湊は、あたしといつか別れるつもりで付き合ってるの？」

「は？」

「だって、そういうことでしょ？」

「べつに俺らが家族になったとしても、血の繋がった兄妹じゃねぇんだから、付き合ってても問題ねぇだろ」

「わざわざ家族に……兄妹になる必要なんてないじゃんっ」

湊は、あたしの味方だと思っていた。

何があっても、あたしの味方でいてくれると思っていたのに。

「おまえがいちばん気にしてんのってさ、俺らのこと？」

「どういう意味……？」

「おまえ、さっき言ってたから」

「……そうだよ。だって、天国にいるお父さんがかわいそうっ」

「おまえは、おばさんがこれからずっとひとりで生きていくの平気？」

「だって……お母さんは、あたしのお父さんと結婚したんだよ？」

ふたりは仲良しだった。

ふたりは愛し合っていた。

お父さんが生きていたら、今も仲良く幸せに暮らしていた。

「死んだ夫を想い続けたまま、一生ひとりで寂しく生きろってことか？」

湊の言葉が、今のあたしには、ものすごく冷たく感じた。

あたしの気持ちを、湊にはわかってもらえないと思った。

「おばさんのことも少しは考えてやれよ」

「……湊には、わかんないよ」

胸が痛くて、どうしようもなく悲しくて。

自分ではもう、止められなかった。

「湊に、あたしの気持ちなんてわかんないっ」

一瞬黙り込んだ湊は、あたしからスッと視線をそらした。

「……わかんねーわ」

湊は、あたしを見てくれなかった。

「俺の母親は、男作って俺を捨てて出ていくような女で、おまえの父親みたいに優しくていい親じゃなかったしな」

「そんなこと言ってるんじゃないってばっ」

「おまえが言いてぇのは、そういうことだろーが」

「ちが……っ」

「俺は、親父の人生だから好きにすればいいと思ってる」

それが、湊の答えなの……?

あたしはショックだった。

「もういい……」

裏切られたような気分だった。

「ひとりにして」

小さな声で言ったあたしは、湊に背を向ける。

抱えた膝に、顔をうずめた。

「結雨」

「もう話したくない」

湊はあたしの味方だと思っていたのに。

「帰ってよ」

頭も心も、ぐちゃぐちゃだ。

「結雨」

こんなことを言ったら、湊を傷つけるとわかっていた。

絶対に言ってはいけない言葉だった。

「……いらない」

それでも止められない。

「あたしの味方じゃないなら、湊なんかいらないっ」

涙が止まらなかった。

「……っ……うぅっ……」

そのまま何も言わずに、湊はあたしを置いてトンネルから出ていった。

……湊だけは。

ほかでもない、湊だけは。

何があっても、あたしの気持ちをわかってくれると思っていた。
あたしが間違っているの？
お母さんには、一生お父さんを想って、お父さんのことだけを愛していてほしい。
そう思うのは、あたしのわがままなの？
お父さんは死んでしまったけど、今もきっと。
あたしたちを遠くから。
天国から見守っているはず。
「あたしのお父さんは、お父さんだけ……」
たったひとりだけ。
もう二度と逢えなくても、どこにいても。
お父さんは……。
あたしのお父さんは、お父さんしかいない。
お父さんは、今でもお母さんを愛しているはず。
それなのにお母さんは、ほかの人を選ぶの？
お父さんが悲しむとは思わないの？
あんなに大好きだったお父さんのこと、お母さんはもう忘れちゃったの？
あたしは忘れたことなんてない。

お父さんのこと、今でも大好きだから……。

暗いトンネルの中で、あたしは幼いころの記憶を思いだしていた。

お父さんとお母さんと手を繋いで、家族でこの公園に何度も遊びに来たこと。

芝生の上に大きな青いシートを敷いて、お母さんが作ったおいしいお弁当を食べたこと。

ボール遊びや、滑り台をして、お父さんがたくさん遊んでくれたこと。

幸せな家族だった。

今でも忘れられない。

お父さんが病院に入院したときのこと。

お父さんの最後の笑顔。

お父さんとの最後の会話。

お父さんが死ぬなんて、考えもしなかった。

今でも、あの日のことを思いだすだけで、胸が張り裂けそうになる。

自然と涙があふれてくる。

お父さんに逢いたい。

どうして、死んでしまったの？

どうして、お母さんとあたしを残して……。

「……ぐすっ……うう……」

服のポケットからスマホを取りだすと、奈乃から着信があったことに気づく。

家には、帰りたくない。

お母さんの顔なんて、見たくない。

今夜は、奈乃の家に泊まらせてもらおうと思った。

それに、湊ともケンカしてしまった。

『いらない』なんて、あんなひどいこと言うつもりなかった。

もう、嫌われたかもしれない。

このまま湊と別れることになったら、どうしよう。

あたしは両手で涙を拭い、トンネルの中から外に出た。

空を見上げると、星ひとつ見えない夜空が、余計に心を寂しくさせる。

すると、うしろから声がした。

「……やっと出てきたか」

振り返ると、すべり台に寝そべる湊がいた。

「湊、なんで……」

「おまえを置いて帰れるわけねーだろ、アホ」

すべり台から起き上がった湊は、あたしのほうへ歩いてくる。

あたし、あんなにひどいこと言ったのに。

「そこでずっと待っててくれたの……？」

あたしの前に立った湊は、優しく微笑む。

「朝まで待つ覚悟だったけど、思ったより早かったな」

あんなに泣いたのに、まだ涙があふれてくる。

あたしの腕を引き寄せた湊は、あたしをぎゅっと抱きしめた。

「言いすぎた……悪かった」

「ひどいこと言ったのは、あたしのほう……」

いらないなんて、湊に絶対言ってはいけなかった。

「本気で言ったわけじゃねぇだろ？」

「ん……ごめんね、本当にごめんなさい」

「わかってるよ。何年おまえと一緒にいると思ってんだよ？」

「湊……っ」

時間とともに、どうしても少しずつ薄れていく大切な思い出たち。

忘れたくない幸せな記憶。

お父さんの声、お父さんの笑顔。

繋いだ大きな手のぬくもり。

消えてほしくないのに、少しずつ消えていく。

時がたつことが、こんなにも寂しくて、悲しいことなんて知らなかった。

「あたしは……大切なものを守りたいだけ……」

大切なもの、消えてほしくない。守りたい。

「湊は？」

「俺は残ってねぇから」

「え……？」

「大切なもんなんて、おまえしか残ってねぇから」

「湊……」

「もし、今俺が持ってるもの、ほかの全部なくなっても……」

湊は、ぎゅっと強くあたしを抱きしめる。

「俺は、おまえがいればいい」

星の見えない夜空の下で、湊に抱きしめられながら願っていた。

大切なものを守りたい。ただ、それだけだった。

けれど、そんな切なる願いも叶えられることはなく。

残酷な運命は、あたしから大切なものを奪っていく――。

初めての反抗

レストランで湊のお父さんから再婚すると告げられた日から、一週間がたっていた。

朝、ベッドで横になっていると、あたしの部屋のドアが開いたと同時に、お母さんの声がした。

「結雨、そろそろ起きないと遅刻するわよ」

とっくに目は覚めていた。

頭まで布団をかぶっているあたしは、返事をせずに寝ているフリをする。

あの日から、お母さんとろくに話をしていない。

お母さんが話しかけてきても、あたしは目を合わせなかった。

「結雨？」

こんなふうに、お母さんを無視することなんて、生まれて初めてだった。

湊のお父さんと再婚だなんて、絶対に認めない。

お母さんに、あたしの気持ちが変わることはないとわかってもらうまでは、こういう態度に出るしかなかった。

「ちゃんと朝ご飯食べてから、学校に行きなさいね」

あたしは布団をかぶったまま、お母さんが部屋のドアを閉めるのを待った。

「じゃ、仕事行くから」

部屋のドアが閉まる。

少ししてから、お母さんが玄関を出ていく音が聞こえた。

「ふぅ」

頭までかぶっていた布団をめくり、あたしはベッドから起きる。

お母さんに冷たくするなんて、本当はしたくない。

でも、こうして反抗することくらいしか、思いつかなかった。

静かな部屋の中でボーッとしていたら、時計が目に入る。

「やばっ！　もうこんな時間っ」

制服に着替えたあたしは、急いで朝食を食べ終えた。

学校に行く用意をして、カバンを持って急いで玄関を出ていく。

隣の六〇二号室のドアに寄りかかっている湊が、大きなあくびをしながら、あたしを待っていた。

「おはよっ」

「おう」

「待った？」

あたしは、ニコッと無理に笑ってみせる。

「いや」

湊は少しだけ微笑んで、エレベーターのほうに向かって先に歩きだした。

立ち止まったまま前を歩く湊の背中を見つめていると、湊はくるっと振り返った。

「なにしてんだよ？　置いてくぞ」

「あ、うん」

マンションを出て、通い慣れた通学路をふたりで歩いていく。

こんな状況になって、あたしたちの関係も前と同じというわけには、いかなかった。

あたしたちが付き合っていることは、今も親たちに話していない。

親たちは、ただの幼なじみだと思っている。

だけど、再婚に反対しながら、親たちの前で湊と仲良くするのが気まずかった。

前みたいに、お互いの部屋をいつでも行き来できるような状況ではない。

夜、寂しくなって、湊に逢いたくなっても、我慢するしかなかった。

湊が、朝あたしの部屋に起こしに来てくれることも。

あたしが湊の部屋に起こしに行くことも。

親の前では、気まずくてできなかった。

今、湊と一緒に過ごす時間は、朝学校に行くときと、教室にいるときだけ。

同じマンションで隣の部屋に住んでいるのに、なんだか前よりもずっと、遠くに感じた。

「おばさんとは、話できたか？」

あたしは、首を横に小さく振る。

「おまえらしくねぇと思うよ？　おばさんに冷たくするなんて」

「だって……」

あたしがこんなに反対しているのに、お母さんは再婚する意志を変えない。

それが悲しかった。

「今朝もお母さんのこと無視しちゃった」

あたしは、湊にぎゅっとしがみつく。

「……ったく」

あたしの頭を優しく撫でてくれる湊。

「今日……ふたりで学校サボるか？」

「それはダメ」

「おまえのために言ってんのに」

「サボったら、くぼっちから絶対に電話くるもん」

「そんなもん無視すりゃいいじゃん」

「ただでさえつらいのに……怒られたくないよ」

「じゃ、行くぞ」

あたしは、湊から離れなかった。

「もうちょっとだけ……このままでいて……？」

湊は、あたしをぎゅっと抱きしめる。

「やっぱり、サボろーぜ？」

耳元で聞こえた湊の優しい声に、胸が締めつけられる。

「俺だって……おまえといたいんだよ」

「揺らぐからやめてよ」

「お、揺れた？　どこ行く？」

「学校」

「……俺を、もてあそぶな」

「ふふっ」

お母さんはあたしのことを、いちばんに考えてくれているって、そう思っていた。

でも、どうやら違ったみたい。

どんなに冷たい態度をとっても、お母さんは考え直してくれそうにない。

あたしは、許せなかった。
だって、天国にいるお父さんのことよりも。
娘のあたしのことよりも。
湊のお父さんのことが、いちばん大切だってことでしょ？
だから、お母さんを許せなかった。

写真

まだ五月だというのに、連休明けから晴れて暑い日が何日も続いている。

放課後、あたしは湊とふたりで学校の資料室にいた。

「せっかく部活休みだっつーのに」

ふてくされた様子の湊。

「文句言わないのっ」

本棚の前に立って大学の資料を読んでいるあたしを、湊はうしろから抱きしめた。

「ちょっと、湊っ……誰か来たらどぉするの？」

「誰も来ねぇよ」

資料を読みたいのに、湊が抱きしめたまま離してくれない。

胸がドキドキして、文字を見ていてもまったく頭に入ってこない。

「離れてよ」

「やだ」

「なんのために資料室に来たと思ってんのよ」

進路希望票を明日までに提出しなくてはいけない。

「なんのためって、それはおまえ……」

「それ以上言わないで！　想像つくわ」

「勝手に想像すんなよな〜」

「だったら離れてもらえる？」

「あと五分」

甘えてくる湊が、かわいくてたまらない。

「んで、結雨の将来の夢は？」

「え？　それは……ヒミツ」

「はぁ？　なんでだよ」

あたしの将来の夢は、ひとつしかない。

でも、今これを言ったら、絶対にバカにされる。

「隠されると余計気になんだろ」

「……湊のお嫁さん」

「バッカじゃねーの」

やっぱり、そう言うと思った。

素直に話した自分が恥ずかしい。

「おまえそれ、将来の夢っつーか、もう決定事項だから」

湊はあたしを抱きしめたまま、片方の手であたしの頬をキュッとつまむ。

「あたしと……結婚してくれるの？」

「おまえ以外、誰とすんだよ？」

「ほ、本当に？」

「当たり前だろ？」

湊は腕をゆるめて、あたしの体をそっと離した。

「こっち向け」

「……嫌」

湊に背を向けたまま、あたしはうつむく。

「そういう素直じゃねぇとこも、好きだけど」

湊は、あたしの顔を自分のほうに向けるとキスをした。

あたしたちはまだ高校生で、結婚なんてまだまだ先のことだと思う。

それでも、湊の言葉がうれしかった。

あたしだけを見ていてくれる湊。

この先も、ずっと湊がそばにいてくれると、信じてもいいよね？

資料室をあとにしたあたしたちは、階段を下りて下駄箱に向かっている。

「もぉ……なんのために資料室に行ったんだか」

「ふっ、なんのためだろうなぁ？」

湊はイタズラっぽい表情で、あたしを見る。

「結局、大学の資料もろくに見られなかったし」

「家でゆっくり見ろよ」

「もうっ。進路票書けなくて明日くぼっちに怒られたら、湊のせいだかんね」

あたしは湊の肩を軽く殴った。

「せっかくおまえとふたりっきりになれたのに、何もすんなっていうほうが無理だろ」

「あっ」

「どした？」

「スマホがない……」

「資料室か？」

「たぶん教室。机の中に入れたままだった気がする。先に下行ってて？」

「わかった」

あたしは階段を駆け上がって、三年三組の教室に向かう。

教室にはもう、誰も残っていなかった。
「あった」
あたしは自分の机の中にあったスマホを、制服のポケットに入れる。
そのとき、奈乃の机の下に、生徒手帳が落ちていることに気づいた。
「落としたこと気づかなかったのかな……？」
その生徒手帳を拾って中を見ると、やっぱり奈乃の生徒手帳だった。
「え……？」
驚いたあたしは、一瞬、動けなくなる。
奈乃の生徒手帳には、ある写真が挟まっていた。
見てはいけないものを見てしまったような気がした。
どうして奈乃が、この写真を持っているのだろう。
違う、そんなはずない。あたしの考えすぎだ。
この写真に、深い意味などない。
写真を生徒手帳の中に戻し、奈乃の机の奥に入れた。
何も見ていない。何も見なかったことにしよう。
あたしは慌てて教室を出た。

心変わり

奈乃の生徒手帳に挟まっていた〝写真〟を見てしまった日から一週間がたった。

あたしは、奈乃の前でいつもどおりにしているつもりだった。

でも、心の中でずっと、写真のことが引っかかったままだ。

その日の放課後。

トイレの掃除当番を終えたあたしが教室に戻ると、教室の窓から外を見つめる奈乃がいた。

足音に気づいた奈乃は、くるっと振り返る。

「あ、結雨ちゃん」

「やほっ」

「今日、湊くんとデートなんでしょ？　先に下に行ってるって、結雨ちゃんに伝えてって言われた」

「ありがと。奈乃はまだ帰らないの？」

「琥都がくぼっちに呼ばれて職員室にいるから、待ってるの」

「そっか」

今、教室には奈乃とあたしのふたりしかいない。

あの写真のことを、聞いてしまおうか。

どうして、あの写真を持っていたのか。

特別な意味などないと、奈乃の口からハッキリ聞いたら、あたしもスッキリするかもしれない。

だけど、あたしは気づいてしまった。

窓の外を見つめる奈乃の横顔。

奈乃の視線の先には、正門に向かって歩いていく彼の姿。

彼を見つめる奈乃の瞳。

その瞳を見ていたら、あたしは何度も自分の中で否定した答えが、完全に否定できなくなった。

「ねぇ、奈乃……いつから？」

「え……？」

奈乃はあたしを見つめる。

「いつから快のこと……好きだったの……？」

うつむく奈乃を見て、あたしはすぐに後悔した。

このままそっとしておくべきだった。

「あのね、結雨ちゃん……」

「もし言いたくなかったら、このことは二度と聞かないから」

「……いつから気づいてたの？」

奈乃の生徒手帳に挟まっていた写真を、見てしまったことを話した。

写真は、快の写真だった。

特別な意味なんてない、ただ友達の写真を持っていただけ。

あたしは何度もそう考えた。

でも、奈乃を見ていればわかった。

快を見つめる奈乃の瞳。

その隠された想いに気づくことは、難しくなどなかった。

だけど、奈乃の口から聞くまでは、あたしは何度も自分の考えを否定した。

奈乃は、琥都と付き合っている。

快のことを好きなはずがない……そう信じたかった。

「琥都のことを、嫌いになったわけじゃないの」

奈乃は、どうしてこうなってしまったのか、自分でもわからないと言った。

琥都のことを嫌いになったわけじゃない。

琥都のことは、今でも大切に想っている。

奈乃は、あたしにそう言った。

「琥都を傷つけたくないの。でも快への気持ちが、どうしても消えない……」

奈乃は両手で顔を覆う。

「最低でしょ……？」

あたしはなんて言えばいいのかわからなくて、奈乃をそっと抱きしめた。

「このまま琥都と付き合っていれば、快への気持ちもそのうち消えると思ったの」

あたしは、奈乃の背中を優しく撫でる。

「結雨ちゃんに本当の気持ちを隠してて、しかも、ずっと言えなくてつらかったけど、でも……」

奈乃は、声を震わせて言った。

「結雨ちゃんに話したら快への気持ちが消えなくなるんじゃないかって……怖かった」

「奈乃は、このまま琥都と付き合っていくつもりなんだよね？」

あたしの腕の中で、奈乃はうなずいた。

「わかった。あたし、何も聞かなかったことにする」

琥都は、奈乃のことが大好きだから。

それに琥都と快は、中学時代からの親友でもある。
もし奈乃が本当の気持ちを打ち明けたら、壊れてしまう。
琥都と快の友情も。
琥都と奈乃の仲も。
奈乃と快の関係も。
そして、あたしたち五人も……。
今までのようには、いられなくなってしまうかもしれない。
奈乃が、このまま快への想いを消そうとしているなら、あたしはそれでいい。
何も壊してほしくない。
あたしは、変わっていくことが怖かった。
大切なものを守りたかった。
「ううっ……」
泣いている奈乃を抱きしめながら、あたしはふと教室のドアのほうを見る。
開けっぱなしの教室のドア。
廊下に見えた人影。
——嫌な予感がした。
廊下の影が、静かな足音とともに消えていく。

まさか、違うよね？

「ごめん、奈乃。あたし……」

あたしは、奈乃の体をそっと離した。

「あ……ごめんね。湊くんが下で待ってるのに……」

涙を拭って奈乃は微笑む。

「ごめんね、奈乃。また夜に電話するから」

「うん、わかった」

奈乃を教室に残して、あたしは教室を出た。

廊下に出ると、階段のほうに消えた人影が、一瞬だけ見えた。

誰もいない廊下を足早に歩いていくと、階段のほうから話し声が聞こえてきた。

立ち止まって廊下の壁にはりついたあたしは、階段のほうを覗き込む。

すると、階段に座っている琥都と、壁にもたれて立っている湊がいた。

「琥都……大丈夫か？」

あたしが見た人影……教室の前にいたのは、琥都と湊だったに違いない。

奈乃と話していたことも聞かれてしまったかもしれない。

そうだとしたら、あたしは取り返しのつかないことをしてしまった。

あたしはその場で目を閉じて、ふたりの会話を聞いていた。

「奈乃の気持ちは……前からなんとなく気づいてた」

あたしは、琥都の言葉に驚く。

琥都は、奈乃の気持ちに気づいていたの？

奈乃が快のことを好きかもしれないと思いながら、今まで奈乃と付き合っていたの？

琥都の気持ちを考えたら、胸が張り裂けそうだった。

「おまえ……奈乃といて、つらくなかったの？」

「奈乃と別れるほうがつらいって思ってた。それに……快は今も別れた元カノのことを忘れられないから。それは奈乃も知ってるし、だから……」

「だから？」

「俺は奈乃を離せなかった」

付き合っていても、片想いをしているみたいに。

琥都は、そんな切なさの中で奈乃を想っていた。

「奈乃のために、俺は何ができるんだろう」

あのままずっと、気づかないフリをすればよかった。

奈乃の想いに気づいても、心の中に閉じこめておけばよかった。

もしも大切なものが壊れてしまったら、あたしのせいだ。

別れ

数日後。

久しぶりに、湊の部活が終わるのを待っていた。

一緒にいられる時間が少なくて、帰り道だけでも湊といたかった。

茜色に染まる空の下を、あたしたちは手を繋いで歩いていく。

「公園でも寄ってくか?」

「うんっ」

高校の近くの公園を歩いていると、ベンチに並んで座っている琥都と奈乃のうしろ姿が見えた。

あたしがふたりに向かって声をかけようとした瞬間、隣にいた湊があたしの口を手で塞ぐ。

「奈乃……俺たち別れようか」

琥都の声が聞こえて、湊とあたしは、その場に立ち止まったまま動くことができなかった。

「もう終わりにしよ」

「琥都、どぉして……？」

「俺じゃ……奈乃を幸せにできないから……」

あたしのせいだ。

あの日あたしが奈乃に写真のことを言わなければ、ふたりがこんな話をすることはなかったはず。

「本当は俺、前から気づいてたんだ。奈乃が……快のことを好きだってこと」

「琥都……っ」

「俺のこと傷つけたくなかった？」

「違うの……」

「もう嘘つかなくていいから」

「琥都……ごめんなさい……」

「俺もごめん。気づかないフリしてごめんな、奈乃」

琥都は、泣いている奈乃をそっと抱きしめた。

どうしよう……。

胸が苦しくて、張り裂けそうだった。

「今まで苦しかっただろ？　友達に戻ろう……俺たち」

「琥都のことだけは……うぅっ……傷つけたくなかった……」

「わかってる。わかってるよ、奈乃」

「本当に……ごめんなさい……」

「俺、幸せだったよ。だから謝んないで」

琥都は奈乃を抱きしめながら、優しく奈乃の頭を撫でていた。

「快のこと好きになるなんて、つらい恋だと思うけど……でも俺、応援する」

「この気持ち……快に伝えることはないから……」

「俺なら大丈夫だから。もしこの先、快に気持ち伝えたくなったら、ちゃんと伝えな」

「琥都……っ」

「つらいときは話して。快のことでも、相談でも、なんでも聞くから」

人を想う気持ち。

その形は、ひとつではないのかもしれない。

見守る愛もある。

いろんな愛の形がある。

大切な人だから。

幸せになってほしいから。

相手のことをいちばんに考える。

琥都は、そういう愛を選んだのかもしれない。

「友達に戻っても、俺は奈乃のいちばんの味方だからな」

「琥都……奈乃のこと好きになってくれてありがと……」

「奈乃が幸せじゃなきゃ、俺も幸せになれないから」

琥都は声を震わせる。

「だから、奈乃……もう自分に嘘つくな」

琥都は、なんでも言い合える関係に戻ろうと、奈乃に言った。

ふたりは、今までたくさん苦しんでいたのかもしれない。

相手を傷つけないように。

自分が傷つかないように。

嘘をついて黙り込む関係。

だけど、ふたりが別れてしまうことの寂しさに、あたしは涙が止まらなかった。

永遠

公園をあとにしたあたしたちは、帰り道を歩いていく。

「おまえのせいじゃねーから、もう泣きやめよ」

立ち止まった湊は、あたしの手をそっと握る。

「琥都なりに考えて出した答えなんだから。アイツが自分でそう決めたんだ」

「わかってる……わかってるけど……」

「もう泣くな」

「……怖くなったの」

今は想い合っていても、あたしたちだってわからない。

湊だってこの先、ずっとあたしを好きでいてくれるかなんてわからない。

不安な気持ちは、きっと……いつまでも消えない。

「結雨？」

あたしたちは見つめ合う。

「湊だって、わかんないじゃん」

「まさか、俺が心変わりするんじゃねぇかって心配してんの?」

ずっと変わらないものなんてない。

永遠なんて、どこにもないのかもしれない。

「おまえ、俺と結婚するって言ったじゃねーか」

「言ったよ? でも……」

「おまえの将来の夢、俺の嫁なんだろ?」

失いたくない。

大切な人。

大好きな人。

「湊のこと好きすぎて、時々つらくなる」

このままずっと、そばにいたいから。

「……バーカ、俺も同じ」

湊はあたしの手を引き寄せて、抱きしめる。

あたしの耳元で、湊は優しい声で言った。

「心配すんな。おまえより俺のほうが好きだから」

想いがあふれて、泣きそうになる。

好きだよ、湊。

好きすぎて胸が苦しい……。

「湊……」

「ん？」

「ずっと一緒だって、信じさせて」

言葉だけじゃなくて。

信じさせて。

湊は、あたしの耳にキスをする。

そのまま瞳を閉じると、湊はあたしの頬、唇に何度もキスをした。

キスをしていると、湊のこと以外、何も考えられなくなる。

湊のことで、頭も心もいっぱいになる。

好きだよ。

大好きだよ、湊。

現実から逃げたくて。

すべてを忘れたくて。

だけど、それだけじゃない。

湊との恋が、ずっとずっと続くように。

言葉にならない想いを。

胸の奥にあふれる愛を。
キスで伝えたかったの……。
この先もきっと、不安は消えることはない。
それでも今は、この想いを大切にすることしかできない。
大好きな人の言葉を信じることしかできない。
だけど……それを信じることが、永遠さえも作りだすかもしれない。

大人と子ども

【湊ｓｉｄｅ】

たとえ、どんなことがあっても。
結雨だけは俺が守る。
そう思っていた。
でも大人は冷たく言った。
まだ子どもなのに、何ができるのかと。
大人から見れば子どもでも、俺は本気で結雨を想っている。
だけど、悲しいヒミツを知ってしまった——。

夜の一一時を過ぎたところだった。
俺はジュースの入ったペットボトルを片手に、自分の部屋からベランダに出る。
夜風を感じながら、俺はベランダの手すりにもたれかかった。
ジュースを飲みながらボーッとしていると、マンションの前の道を歩いている結雨の姿を見つける。

「あのバカ……っ」

俺は慌てて部屋に入り、部屋着のまま家を飛びだした。

俺は、急いでマンションの階段を下りていく。

俺を呼べばいいのに、こんな夜にひとりで外を出歩くなんて……。

マンションの一階に下りた俺は、前の道を歩いている結雨に向かって叫んだ。

「結雨っ」

俺の声に、結雨は立ち止まった。

結雨の元へ走っていく俺は、そのまま結雨を抱きしめる。

「湊……どぉして？」

「こんな時間にひとりでどこ行くんだよ？　危ねぇだろ、バカ」

結雨は俺の背中に手をまわすと、俺の服をぎゅっと掴んだ。

「湊……」

「ん？」

「これからどっか行かない？」

俺がそっと結雨を離すと、結雨はすぐにうつむく。

俺はその場にしゃがみ込んで、下から結雨の顔を見上げた。

「何かあったのか？　ん？」

俺は結雨の手をとり、優しく握りしめる。

結雨は唇をかみしめて、今にも泣きそうな顔をしていた。

「湊……朝まで一緒にいてくれる？」

「また、おばさんとケンカしたのか？」

「……ひどい言葉も、いっぱい言っちゃった」

声を震わせる結雨。

「お母さんがあたしの気持ち、わかってくれないからなのに……あたしは悪くないって思うのに……なのにどうして、こんなに罪悪感……」

「結雨は優しいからな」

俺は結雨の手を握ったまま微笑んだ。

「おまえは人の気持ちをいちばんに考えるヤツだから、自分の気持ちを優先するのがつらく感じるんだろ？」

「お母さんが、もう待てないって」

結雨は全身の力が抜けたように、地面に座り込んだ。

「あたしが反対しても、湊のお父さんと再婚するって」

座ったまま俺は、結雨をそっと抱きしめた。

「家に帰りたくない……このままどっか遠くへ行こうよ……」

結雨の頭を撫でながら、俺はどうするべきなのか考えていた。

このままどこかへ連れていってやるべきか。

それとも……。


「帰んぞ」

俺がそう言うと、結雨は俺の体を離して、寂しげな表情で俺を見る。

「どぉして？　嫌……帰りたくない」

「おまえがこんな時間にひとりで外歩いてっから、財布もなんも持たずに飛びだしてきたんだよ」

「お金なら、あたしが持ってるってば」

結雨はカバンから財布を出して、俺に渡した。

一応、財布の中を見てみた俺は、思わず笑いそうになる。

「ふざけんな。二五〇〇円でどこ行くっつーんだよ」

タクシー代だけで金がなくなりそうだ。

「朝まで一緒にいてやるから。帰ろーぜ」

「どういう意味……？」

「カギ開けとけ。親が寝たら、ベランダから結雨の部屋に行くから」

「ベランダから？　危なくない？」

「なんでもするよ……おまえのためなら」

なぜか結雨は、うれしそうに笑った。

さっきまで泣きそうだったくせに。

俺は立ち上がり、結雨に手を差しだした。

俺の知らない間に、また結雨がいなくなったら困る。

今夜はひとりにさせられない。

結雨をひとりにしたくない。

俺たちは手を繋いで、マンションの下、エレベーターの前に立っていた。

エレベーターを待つ間、下を向いたままの結雨。

「ホントに帰らなきゃダメ？」

家出なんてしたら、あとでもっと後悔するに決まっている。

結雨のためにも、家に帰らせたほうがいい。

「乗るぞ」

エレベーターのドアが開き、俺はその場から動こうとしない結雨の手を引いて、中に入った。

六階のボタンを押すと、エレベーターのドアがゆっくりと閉まる。

「あたしたち……どぉなっちゃうのかな……」

結雨は不安そうな瞳で俺を見る。

「湊のこと信じてるよ？　でも……」

俺は結雨の肩を掴んで、そのまま結雨を壁に押しつけた。

「おまえと別れることは、絶対ねぇから」

俺たちは見つめ合う。

「俺が無理だから、そんなの」

両手で結雨の頬を包むようにして持ち上げ、俺はキスをした。

これからどうなっても、俺は絶対に結雨を離したりしない。

「……っ、湊……六階ついたよ」

「この続きはあとでな」

結雨は顔を赤くして、きゅっと口を結ぶ。

結雨の手を取ってエレベーターから出た瞬間、俺たちは立ち止まった。

俺は、結雨の手を強く握りしめる。

俺の家のドアの前に立ってこっちを見ていたのは、俺の親父だった。

俺は握っていた手をそっと離して、結雨を見る。

「結雨、家に入れ」

「でも……」

俺が結雨の目を見てうなずくと、結雨はチラッと親父の顔を見たあとで自分の家に入った。

俺は、親父の前に立つ。

「湊……おまえ……」

「話なら、家の中でして」

そう言って親父から視線をそらした俺は、玄関のドアを開けて、先に家の中に入っていく。

俺がリビングのソファに座ると、あとから追いかけてきた親父は、俺の前に立った。

「結雨ちゃんと付き合ってるのか？」

「……うん」

親父は俺の隣に腰を下ろすと、うつむいたまま少しの間、黙り込む。

まさか、こんな形で知られるなんて思わなかった。

親父は大きく息を吐きだしたあと、うつむいたままつぶやいた。

「結雨ちゃんとは別れるんだ」

「……は？　ちょっと待てよ」

「結雨ちゃんが再婚に反対する理由はそれだろう？」

「だからって……」

「ふたりには別れてもらうしかない」

「俺たちは、親父たちが再婚するって言いだす前から付き合ってたんだよっ」

親父の一方的な言葉に腹が立って、つい大きな声を出してしまった。

俺は自分を落ちつかせるように、胸元をぎゅっと掴む。

「それに、結雨が再婚に反対してるのは、俺らのことだけじゃねーよ。結雨にとって父親はひとりだけなんだよ」

天国にいても、結雨は父親のことを今でも大好きなんだよ。

大好きな母親が、ほかの男と結婚するのが嫌なんだよ。

「結雨の気持ちも少しは考えてやれよ」

「結雨ちゃんや湊が反対しても、もう決めたんだ」

「俺たちも、別れるつもりなんてねぇから」

「湊たちはまだ高校生だ。子どもだろ。この先たくさんの出会いもある。今は楽しくても、いつか別れるときが来る……」

「勝手に決めんなよ」

まだ高校生だから？

子どもだから？

だからなんだよ？

子どもでも、本気で人を好きになるんだよ。本気だよ、俺たちだって」

「いつか別れるつもりなんてねぇから。

「……まだ子どものおまえに何ができる？」

親父は冷たく言った。

「湊、おまえはまだ子どもなんだ」

怒りをこらえるように、俺は拳を強く握りしめる。

「親父は、もっと俺たちのことも考えてくれる人だと思ってた」

「湊に話さなきゃいけないことがある。ただ……約束してほしい。結雨ちゃんには絶対に話さないでくれ」

そう言って親父から聞かされた話は、思いもよらない衝撃的なものだった。

親父からすべての話を聞いた俺は、言葉を失った。

信じたくないけど、もし本当なら納得がいく。

今までのことを思い返すと、すべてが繋がる。

「湊……大丈夫か？」

親父はそっと俺の肩に手を置いた。

うつむく俺は、目を閉じる。

「……なんで俺に話すんだよ」

どうしてまた、先に知ることになるんだよ。

あのときだって、そうだった。

「結雨ちゃんを説得してくれないか」

「親父は何があっても、再婚するつもりなんだな」

「あぁ。家族になりたいと思ってる」

「ほかにどうすることもできないのかよ……なんか方法ねぇのかよ？」

親父は、俺の目を見てうなずいた。

〝大人〟と〝子ども〟。

その違いを。現実を。

目の前に、つきつけられたような気がした。

まだ子どもの俺に、何ができる？

大人は冷たく言った。

どうしたら結雨を守れる？

何があっても俺だけは、結雨の味方でいなきゃいけないのに。

そう約束したのに。

俺は結雨のために何ができる？

結雨を幸せにしたいのに。

悲しませたくなんかないのに。

今は、その方法が見つからない。


親父と話したあと、俺は自分の部屋に戻った。

スマホを見ると、結雨からの着信があったことに気づく。

俺はすぐに電話をかけた。

「結雨？　あぁ……今から行く」

電話を切った俺は、音を立てないように部屋からベランダに出た。

ベランダの柵に上がり、下に落ちないように気をつけながら隣のベランダに向かう。

隣のベランダに下りると、結雨が部屋のドアを静かに開けた。

「湊」

「遅くなって悪かったな」

「ううん」

結雨の部屋に入った俺は、ベッドの上に座った。

「おばさんは？」

「あたしが帰ってきたのを確認してから部屋に入ったから、もう寝たと思う」

「帰ってきてから、何かおばさんと話したか？」

首を横に振る結雨は、悲しげな目で俺を見る。

「ケンカしたままか」

結雨は、うなずいた。

「お母さんが起きてきたら困るから、電気消すね」

「ああ」

部屋の明かりを消した結雨は、俺の隣に座った。

「おじさん、あたしたちのことなんて言ってた……？」

俺をまっすぐに見つめる結雨を、そっと抱きしめる。

結雨の顔を見るだけで、胸が苦しくてどうしようもなかった。

「湊……？」

「……おまえは何も心配すんな」

結雨の頭を撫でながら、俺は泣きそうになるのをこらえる。

「なんで、ごまかすの？」

「ごまかしてねぇよ」

結雨の頬にキスをしたあと、そのまま結雨の口をキスで塞いだ。

何度もキスをした。

結雨への気持ちを、自分で確認するかのように。

だけど、本当は……。

ほんの少しでも、現実を忘れたかったのかもしれない。

これから訪れる悲しみから、逃げたかったのかもしれない。

「……っ」

何度もキスを重ねたあと、結雨の体をベッドに倒した。

暗い部屋の中、息が触れるほどの距離で見つめ合う。

結雨のおでこにキスをして、俺は親指でそっと、結雨の柔らかい頬に触れた。

「今日はもう遅いから寝ろ」

「……まだ眠くないよ?」

「嘘つけ。眠たそうな目してんぞ」

「朝まで一緒にいてくれるんだよね?」

結雨は不安そうな顔で俺を見つめた。

俺は結雨の隣に横になり、結雨を抱き寄せて目を閉じる。

「ん……だから安心して寝ろ」

結雨を抱きしめながら、俺は涙をこらえていた。

もしも結雨が本当のことを知ったら、どうなるのだろう。

怖くてたまらなかった。

「ねぇ、眠るまで背中トントンして？」

俺の胸に顔をつけたまま、結雨は甘えた声で言った。

「子どもかよ……いいけど」

「ふふっ。だって子どもだもん」

その言葉に俺は、さっき親父に言われたことを思いだす。

『まだ高校生だ。子どもだろ』

右手で俺は、結雨の背中をトン、トン……と、優しく叩く。

おばさんは、誰よりも結雨のこと大切に想ってる。

自分たちのためなんかじゃ、なかったんだ。

結雨のためだった。

結雨を想ってのことだった。

親父から聞いたんだ。

おばさん、病気なんだよ。

検診でガンが見つかって、すでに手術もしたって。

高二の冬、おばさんが会社の研修旅行で、何日か家にいなかったことがあった。

おばさんが手術を受けたのは、きっとあのときだ。

結雨に心配させないように研修だと嘘をついたのだろう。
でも手術後の経過は、あまりよくなくて。
おばさん、結雨に病気のことを気づかれないように必死に隠してきたんだろうな。
仕事に行くフリして、本当はおばさん……病院で治療を受けていたらしいんだ。
親父は、おばさんから電話で病気のことを聞いたらしくて。
まだシンガポールにいたときに、再婚を決めたと言っていた。
親父は、俺に言った。
俺たち四人が家族になれば、おばさんが安心して病気と向き合えるだろうって。
おばさんが結雨のことを心配する気持ちや不安を、少しでも取り除いてあげたいって。
家族になって支えてあげたいと言っていた。
再婚の話が出てから、結雨も感じていたよな。
おばさんが、前と違うって。
結雨につらく当たったりしたのも、病気や薬のせいだと思う。
結雨……。
この夏が、おばさんと一緒に過ごせる最後の夏かもしれない。
おばさんも結雨の複雑な気持ちをわかっているから、再婚することを先に延ばしてきたのだと思う。

だけどこの前、医師から言われたらしいんだ。

治療は、効果が見られないって。

〝半年から一年〟

それが、おばさんに残された時間だ。

おばさんは、もう長くは生きられない。

おばさんは、自分がいなくなったあとに結雨がひとりになることが心配なんだ。

小学生のときに結雨の父親が死んでから、結雨にとって家族はもう、母親しかいないから。

俺たち、誤解していたんだ。

大人たちは、ちゃんと子どものことを考えていた。

あの優しいおばさんが、結雨のことをいちばんに考えないわけがない。

どんなに結雨が反対しても、反抗しても。

親父と再婚すると言ったのは、結雨をひとりぼっちにさせないためだったんだ。

親父は、俺に結雨と別れろと言った。

おばさんのことも、結雨のことも、これから家族として支えたいって。

まだ子どもで、高校生の俺には、何もできないって……。

結雨の寝息が聞こえてきて、俺は結雨の背中を叩くのをやめた。
俺は、結雨の父親が亡くなったときのことを思いだしていた。
俺の背中で一晩中泣いていた結雨を、今でも忘れられない。
怖くてたまらなかった。
母親までいなくなったら、結雨はどうなるのだろう。
悲しみに耐えられなくて、壊れてしまうかもしれない。
俺は眠っている結雨をぎゅっと抱きしめる。
涙が止まらなかった。
俺は、結雨を守りたいのに。
ただ、幸せにしたいだけなのに――。

悲しいヒミツ

それは、うだるような暑い夏の日だった。

夕方、家にひとりでいると、インターホンが鳴った。

ドアを開けると、コンビニのビニール袋を持った湊が立っていた。

「アイス買ったから、やるよ」

「わーいっ」

「おばさんは？」

「まだ帰ってきてないけど」

「そっか」

「何？　どうしたの？」

「いや、べつに」

そのとき、あたしのスマホが鳴った。

画面を見ると、お母さんからの着信だった。

「……お母さん？」

電話に出ると、お母さんの声じゃなかった。

「はい、そうです。私の母ですけど……」

話を聞くと、お母さんが落としたスマホを拾ってくれた人が、あたしに電話をくれたようだった。

「え？　お母さんが……!?」

お母さんが道で倒れて、救急車で病院に運ばれたという。

電話を切った瞬間、あたしはふらついて湊の腕に掴まった。

「大丈夫か？　どした？」

「お母さんが道で倒れて、救急車で運ばれたって……」

「どこの病院？」

「わかんない。お母さんのスマホ拾ってくれた人がその場所から電話くれて、あたし今から、そこに行ってくる」

「場所どこ？　俺が行ってくるから、おまえは家で待ってろ」

「でも……」

「すぐ戻るから」

湊に場所を伝えて、代わりにお母さんのスマホを取りにいってもらった。

あたしは家に残って、病院からの連絡を待つ。

心配で不安で、どうしようもなかった。

お母さんが倒れるなんて……。

そういえば、最近お母さんは食欲があまりないみたいだった。

お母さんの再婚のことが原因でほとんど口をきいていなかったけど、どこか元気がなかった。

ここ一週間ほどとくに暑い日が続いていて、体調を崩してしまったのかもしれない。

あたしは落ちつかず、家の中をウロウロと歩きまわっていた。

だけど、そのあとも病院から家の電話に連絡が来ることはなかった。

夜になっても、お母さんの様子がわからず、不安な時間を過ごしていた。

「結雨」

あたしが自分の部屋のベッドに座っていると、湊が部屋に入ってくる。

湊はあたしのそばに座り、あたしの肩をそっと抱き寄せた。

「心配なのはわかるけど、とりあえず飯食えよ」

あたしは首を横に振る。

「少しでいいから食えよ」

「お母さんが倒れたっていうのに……食べる気分じゃないよ」

「せっかく俺がおまえのために作ってやったのに、いらねぇだと？」

湊はあたしの頬をつまんで引っ張る。

「食うよな？」

「……わかったってば」

食卓のイスに無理やり座らされたあたしは、目の前の光景を見て驚きを隠せない。

「ホントに湊が用意したの？」

「ほかに誰もいねぇだろ」

「湊が料理するなんて……」

「そうめん茹《ゆ》でただけな」

「だって、それさえできないと思ってたから」

「どんだけだよ」

あたしの前に麦茶の入ったコップを置いた湊は、あたしと向かい合って座った。

「食欲なくても、そうめんくらい食えんだろ？」

「ん……」

あたしはそうめんを一口すする。

「お母さん、どこの病院にいるんだろう」

「たぶん親父が一緒だから、心配すんな」

「おじさんが？　どうして知ってるの？」

「スマホ拾ってくれた人が言ってた。救急車に男の人が一緒に乗ったって」

「だったら、おじさんに電話して？」

「え……？」

「早く電話して」

「あー、うん。これ食べたらな」

なんだか、湊の様子がおかしい。

箸《はし》をテーブルに置いたあたしは、湊の目をまっすぐに見つめた。

「湊……もしかして何かあたしに隠してる？」

湊はあたしから視線をそらし、黙ったままそうめんを食べ続ける。

「やっぱり何か隠してるよね？」

なんだか胸騒ぎがする。

あたしは勢いよくイスから立ち上がった。

「どこの病院？　本当は知ってるんでしょ？」

「知らねぇって」

「行かなきゃ」

「どこ行くんだよっ」

あたしは急いで玄関に向かう。

「結雨っ」

湊がうしろから追いかけてきて、玄関の前であたしの腕を掴んだ。

「待てって」

「ジッとしていられないよ」

「おばさんには、親父がついてるから心配すんな」

だけど落ちつかない。

湊だって、何か隠しているみたいだから。

「どこの病院か教えてくれないなら、マンションの下でお母さんのこと待つ」

「……だったら、俺も行く」

「ひとりで平気だから」

「おまえひとりで行かせるかよ、バカ」

湊と一緒に家を出たあたしは、玄関のドアのカギを閉める。

ドアの前であたしは、湊の腕を掴んだ。

「さっきの質問、まだ答えてないよ？　あたしに何を隠してるの？」

「なんでそう思う？」

「あたしたち、何年一緒にいると思ってるの？」

湊の大きな手が、あたしの頬にそっと触れる。

「結雨」

「何……？」

真剣な瞳であたしを見つめたあと、湊はあたしを抱きしめた。

「おまえに嘘つきたくねぇから。だから……何も聞くな」

どうして、そんなつらそうな声で言うの？

湊は、あたしに何を隠しているの？

「嘘なんかつかなくていい。そのままあたしに話してよ」

湊はあたしの体を離すと、顔を背けた。

「湊が隠してること……お母さんと何か関係あるの？」

なんで何も言わないの？

「湊っ」

あたしは湊の両肩を掴んで体を揺さぶった。

「ちゃんと答えてっ」

そのとき、うしろから声がした。

「……結雨っ」

振り向くと、お母さんが湊のお父さんに支えられて立っていた。

「結雨……私から話すわ」

家に戻ったお母さんとあたしは、リビングのソファに座った。

「お母さん大丈夫なの？　道で倒れたって聞いて、本当に心配したんだよ？」

お母さんは、両手で包み込むようにあたしの手をとって握りしめる。

お母さんの手、どうしてこんなに弱々しく感じるのだろう。

「あのね、結雨……」

お母さんはゆっくりと、ひとつひとつ言葉を選びながら。

そして、ときどき声をつまらせて、涙をこらえながら震える声で。

今まであたしに隠していたこと、そのすべてを話してくれた。

再婚しようとした本当の理由や、病気のこと。

そして、お母さんに残された時間が、わずかなことも……。

「結雨……ごめんね……」

「どぉして……」

お母さんが生きられるのは、あと半年。

長くても一年。

来年の夏、お母さんはいないの？

お母さん、死んじゃうの？

こんなこと信じたくないのに、嘘だと言ってほしいのに。

涙が込み上げてくる。

「どぉしてお母さんなの……？」

どうしてお母さんが病気になるの？

「ほかの病院に行ってみようよ。ね？　あきらめないでよ、お願い……お願いだから、お母さん……」

あたしの手を握ったまま、お母さんは首を横に振った。

「湊くんのお父さんが付き添ってくれて、今までほかの病院や先生にも話を聞きに行ったわ。だけどもう……」

病気は治らないの？

何も方法はないの？

「そんなの、嫌だよ……」

「結雨、お母さんね……これからは残された時間を、穏やかに過ごしたいの」

お母さんは涙をこぼしながら微笑む。

「ごめんね、結雨……。病気になったりして、本当にごめんね……」

悲しそうな声で。

細い声を震わせて。

お母さんは謝りながら、あたしを抱きしめた。

「……お母さん……うぅっ……」

「悲しい思いさせて、ごめんね」

お母さんが病気になるなんて、想像もしていなかった。

どうしてあたし、気づけなかったの？

そばにいたのに。

何も知らないで、あたしは……。

「結雨と一日でも長く笑っていられるように、お母さん頑張るから」

一日でも長く、笑っていられるように……。

その時間があとどれくらいあるのかなんて、考えるだけでも苦しかった。

少しずつ薄れていたと思っていた、あのときの痛みと悲しみが、よみがえってくる。

お父さんがこの世界からいなくなったときほど、生きてきて悲しいことはなかった。

また同じ痛み、言葉では表せられないほどの苦しみを味わうのだと思うと、頭がおかしくなりそうだった。

お母さんまでいなくなったら、今度こそ耐えられないかもしれない。

「結雨のことが心配だった。お母さんがいなくなったら、ひとりになってしまうから」

ひとり……。

あたしは、お母さんがいなくなったら、ひとりぼっちになってしまう。

お父さんも、お母さんもいない。

家族と呼べる人がいなくなる。

「湊くんをうちで預かってるときに、楽しそうなふたりを見て思ったの。この先も、結雨のそばにいてくれたらって」

そんなお母さんの気持ちを受け止めた湊のお父さんは、四人で家族になろうとしてくれた。

お母さんは、天国にいるお父さんを裏切ったわけじゃなかった。

すべて、あたしのためだった。

あたしに家族を残したかったんだ。

何も知らずにあたしは……。

「あたし……お母さんにひどいことした……」

反抗したり、無視だってした。

ひどい言葉を浴びせて、泣き叫んだこともあった。

どうして、あたしの気持ちをわかってくれないのって。

あたしのこと、大切に想ってくれていないのかなって。

あたしは……あたしは……。

病気のお母さんに、なんてことをしてしまったのだろう。

「ごめんなさい、お母さん。本当に今まで、ごめんなさい……」

いくら謝ったって、後悔したって。

もう時間は戻せない。

あたしは、今までお母さんをたくさん傷つけた。

「あたし……自分が許せない……」

「結雨、大丈夫だから。そんなふうに自分を責めないで」

お母さんは、あたしの背中を優しくさすりながら、何度も「大丈夫」と繰り返す。

「だってあたし、お母さんにあんなひどいことしたんだよ？」

「結雨の気持ち、ちゃんとわかってるから」

時間を戻せるなら、もうあんなこと絶対しない。

お母さんに優しくするよ。

たくさん笑わせてあげるよ。

時間を戻せたらいいのに。

ごめんなさい、お母さん。

今まで、本当にごめんね。

「それからね、結雨」

「ん……」

「湊くんを責めないであげて。病気のことを知ってから、湊くんも悩んでつらかったと思うから」

あたしは、お母さんの胸で泣きながらうなずく。

「本当は、できるかぎり結雨に隠しておきたかった。結雨に病気のことを話すのは、再婚してからにしようと思ってたわ。でもね……」

お母さんはあたしの体をゆっくりと離して、親指でそっと、あたしの涙を拭った。

「湊くんが、私に言ったの」

「湊が、なんて……？」

「結雨に、お父さんのときと同じ思いさせたくないって。心の準備が結雨にも必要だって」

「湊がそんなこと言ったの……？」

小学生のとき、あたしは何も知らなかった。

だから最後まで、お父さんに何も伝えられなかった。

大好きだよって。

ありがとうって。

伝えたい言葉はたくさんあったはずなのに、あたしは何も言えないまま、お父さんは死んだ。

あたしはまた後悔するところだった。

あのときよりも、ずっと。

お母さんを傷つけてしまった分、自分を許せなかったと思う。

このまま何も知らずに時間が流れていたらと思うと、すごく怖かった。

湊は、そんなあたしをそばで見ていて、本当につらかったと思う。

何も知らずにお母さんを傷つけるあたしに、本当のことを何も言えなくて。

あとで知ることになるあたしの、後悔の大きさを考えて。

あたしのために、湊は今までたくさん悩んで、胸を痛めていたのだと思う。


部屋で休むと言って、お母さんは布団に横になった。

あたしはお母さんのそばに座って、お母さんを見つめる。

「結雨」

お母さんは手を伸ばし、あたしの髪にそっと触れる。

「本当にキレイになったわね」

「お母さんに似たんだよ」

「あんなに小さかったのに、もう高校三年生だものね」

「あっというまだった？」

「そうね」

お母さんは、ニコッと笑った。

「結雨の大人になった姿も、花嫁姿も、そばで見てあげられなくてごめんね」

あたしは泣きそうになる。

「いつか結雨が子どもを産んだとき、何も手伝ってあげられなくて、ごめんね」

「お母さん、そんなこと言わないで……」

「結雨のそばに、ずっと一緒にいてあげられなくて、本当にごめんね」

「お母さん……」

あたしが高校を卒業して。

二〇歳になったら成人式があって。

大人になって、いつか結婚式を挙げて。

子どもを産んで。

子どもたちは、お母さんのことを『おばあちゃん』て呼ぶようになって。

そんなふうに、あたしが思い描いていた未来の中に、お母さんは当たり前のように存在していた。
忘れてはいけなかった。
どんな命も、いつか終わりがくること。
限られた時間の中で、呼吸をしていること。
当たり前に続く日々の中で、忘れかけていた大事なもの。
一度きりの今を、あたしたちは生きている。
「今日はもう、休むわね」
「うん、おやすみ……お母さん」
本当は、お母さんのそばから離れたくない。
でも、あたしがそばで泣いていたら、お母さんはゆっくり休めない。
あたしは手で口元を押さえながら、お母さんの部屋を出た。
静まり返った家の中。
全身の力が抜けたように、廊下の床にペタンと座り込む。
どうして……？
どうしてお母さんなの？
お父さんが死んでから、お母さん、頑張りすぎたから？
あたしがもっと、イイ子になればよかった？

どうしてお母さんが病気にならなきゃいけないの？
「どぉして……うぅっ……」
あたしを、置いていかないで。
ひとりにしないで。
あたしの家族は、お母さんしかいないのに。
お母さんがいなくなるなんて。
お母さんに二度と会えなくなるなんて、考えたくない。
お母さんを、助けて……。
廊下の壁に手をつきながら、あたしはゆっくりと立ち上がった。
ひとりでは耐えられなくて、あたしは湊のところに行こうとする。
あたしは靴も履かずに、裸足のまま玄関のドアを開けた。
すると、うちの前に、湊がしゃがみ込んでいた。
「湊……ずっとここにいたの？」
立ち上がった湊は、悲しげな瞳であたしを見つめる。
「……来いよ」
湊の胸に飛び込んだあたしは、声をあげて泣いた。
あたしを心配して、外でずっと待っていてくれた。

湊は、前からすべてを知っていたから。

本当のことを知っていたから。

「お母さんが……お母さんが病気だなんて……」

「黙っててごめん」

湊のつらそうな声を聞いて、胸が張り裂けそうになる。

「どぉしたらいいの？　助けて……助けて、湊……」

「助けたいよ。俺だって……」

「ううっ……っく……」

「俺だって、おまえと同じくらい……」

湊は声をつまらせた。

わかってる。

あたしと同じくらい、湊も悲しんでいること。

湊がいてくれなかったら、あたしはきっと耐えられなかった。

我慢したり、無理したりしないでいられる場所。

思いきり泣ける場所。

あたしにとって湊は、そういう存在だったことにあらためて気づいた。

幼いころから、そして今も、これからも。

湊と隣同士の家に生まれたのは、運命だったのかもしれない。

たとえ、あたしたちがどんな関係になっても。

それも、きっと……運命。

湊のTシャツの胸元は、あたしの涙でびっしょりと濡れていた。

ゆっくりと体を離すと、湊の目は赤くなっていて、一緒に泣いてくれていたのだとわかった。

「湊……ほかに答えが見つからない」

どんなに考えても。

それしか答えを出せなかった。

「お母さんの思うとおりにしてあげたい」

「……家族になるってことか？」

「ん……」

「親たちが再婚してもいいのか？」

「ほんの少しでも、お母さんを安心させてあげたいから」

これ以上もう、お母さんにつらい思いをさせたくなかった。

天国にいるお父さん、ごめんね。

こうすることしかできない。

お母さんに残された時間。

その時間をできるだけ、穏やかに過ごさせてあげたい。

「結雨」

湊はあたしの手をとって、まっすぐにあたしの瞳を見つめる。

「ちゃんと俺の目、見て」

湊の瞳を見つめると、湊の顔が近づいてくる。

「……っ」

唇が重なった瞬間、あたしはそっと瞳を閉じた。

こんなに愛しくて、悲しいキスは……最初で最後かもしれない。

切なくて涙が止まらないのに。

胸が苦しくてどうしようもないのに。

大好きっていう気持ちがあふれてくる。

あと少しだけ。

あと一分でいい。

キスで、時間を止めてしまいたい――。

ゆっくりと唇が離れて、あたしたちは見つめ合う。

「結雨」

湊は、あたしの手を取って優しく握りしめる。

「これから話すこと、今はまだ俺たちだけのヒミツにして」

「ヒミツ？　何……？」

湊とあたし、ふたりだけのヒミツ。

耳元で囁かれた言葉に驚いたけど、あたしは涙をこぼしながら、うなずいた。

第四章

大切にしたい。

愛する人と生きている、この瞬間を。

名前の意味

人にはいくつもの、忘れられない記憶がある。
幸せな記憶。
悲しい記憶。
切ない記憶。
あの日から、もう一〇年以上がたったけど。
『湊ちゃん』
あたしのまだ小さな手で、湊の小さな震える手を握りしめて。
『湊ちゃんには、結雨がついてるよ』
あの日のことを思いだしたよ。
この優しい雨の中で――。

夏休みが終わるころ、お母さんは急激に容体が悪くなり入院した。
お母さんのそばにずっとついていたいけど、学校には行かないといけない。

だけど、授業中もお母さんのことが頭から離れなくて、ふいに泣きそうになる。

今まで、何気なく過ぎていく日々だった。

今日が終わり、明日がやってくる……その繰り返しは、当たり前のように。

だけど、今は。

お母さんにとって〝今日〟という日が。

一日が終わっていくことが。

明日がくることが。

どれだけ大事なことかわかった。

そして、まわりにいる人にとっても、お母さんのそばにいるあたしにとっても……

それは同じことだ。

下校時刻のチャイムが校内に鳴り響く。

教科書やノートをカバンにしまっていると、前の席にいる湊が振り返った。

「今日もおばさんの見舞い行くよな？」

「うん。でも委員会あるみたい」

「委員会？　なんの？」

キョトンとした湊を見て、あたしは左肩をガクッと落とす。

「文化祭の実行委員。忘れたの？」

「ああ、おまえがじゃんけんで負けたやつか」

「そぉですよ」

文化祭の実行委員、うちのクラスは琥都、奈乃、快、あたしの四人。

「委員会なんて、アイツらにまかせておけばいいじゃん」

「そこは……ちゃんとしなきゃ」

「出た出た、クソ真面目。じゃ俺、先におばさんのとこ行ってるから」

「うん、あとから行くね」

湊はジッとあたしの顔を見て黙り込む。

「何？　なんか顔についてる？」

湊の手が伸びてきて、そっとあたしの頬に触れた。

「……大丈夫か？　おまえ」

「え？」

「夜もあんま寝てねぇだろ？」

そんな心配そうな瞳で見られたら、泣きそうになる。

「もしかして目の下、クマひどい？　ブサイク？」

あたしがわざとふざけると、湊は真剣な表情のまま言った。

「俺の前で無理すんな」

あたしの頬に触れる湊の手を、上からそっと掴む。

「無理なんかしてないよ」

「結雨……」

「委員会行かなきゃ。あとでね、湊」

あたしは、夜が怖くなった。

もし眠っている間に、お母さんに何かあったらと思うと、眠るのが怖かった。


委員会が終わったあと、奈乃たちと教室を出て、下駄箱に向かう。

「結雨ちゃん、これから病院？」

「うん。あ、この前みんながお見舞いに来てくれて、お母さん喜んでたよ。みんなイイ子ねって楽しそうに笑ってた」

みんながお見舞いに来てくれたとき、お母さんはずっと笑顔だった。

快は、いつものように面白い話ばかりして、お母さんを笑わせてくれた。

琥都は、お母さんのためにキレイなお花を買ってきてくれた。

奈乃は、あたしと一緒にお母さんの着替えを整理してくれたり、お母さんの背中をさすってくれたりして、お母さんに優しい言葉をたくさんかけてくれた。

そんな奈乃を見て『奈乃ちゃんは、お母さんそっくりね』って、お母さんが言っていた。

　偶然にも、お母さんの入院している病院には、奈乃のお母さんが看護師として働いている。

「結雨ちゃん、また近いうちにお見舞い行ってもいい？　ママに結雨ちゃんのお母さんの様子聞きながら、迷惑にならないように行くね」

「うん。ありがと、奈乃。お母さんも喜ぶと思う」

「俺、結雨のお母さんに気に入られたし～。今日もお見舞い行こっかな」

　そう言って快があたしの肩に手をまわすと、琥都が呆れたような顔で見る。

「邪魔だからやめとけ。快のテンションは毎日じゃ疲れるから」

「うーわ。琥都ひどくね？　俺の愛のパワーで元気になるかもしんないのに」

　琥都は快の首根っこをうしろから掴んで、無理やり引っ張っていく。

「ほら帰るぞ、快。結雨、気をつけてな」

「また明日ね、結雨ちゃん」

「結雨ーっ！　必要ならいつでも俺を呼べよーっ」

　正門を出て、手を振りながら帰っていく三人に、あたしも笑顔で手を大きく振った。

　みんなと別れたあたしは、お母さんの入院している病院に向かう。

　今にも雨が降りだしそうな、灰色の空だった。

病院についたあたしは、面会の手続きを済ませた。

お母さんのいる病室に向かう。

廊下を歩いていくと、開いたままの病室のドアから、お母さんと湊の会話が聞こえてきた。

あたしは病室の前で立ち止まる。

廊下の壁にもたれたあたしは、中にいるふたりの会話を黙って聞いていた。

「湊くん、これ湊くんに預けておくわね」

「これって……結雨のために?」

なんだろう……?

あたしはふたりに見つからないように、中の様子を覗き込む。

お母さんが湊に渡していたのは、あのノート。

それは、お母さんの料理のレシピが書いてある一冊のノートだった。

「この前ね、結雨に渡そうとしたんだけど、受け取ってくれなくて」

今そのノートを受け取ってしまったら、このままお母さんが家に帰ってこない気がした。

そんなの嫌だから。

絶対に、嫌だから。

だから、あのノートを受け取れなかった。

「おばさんが退院したら、作りながら結雨に教えればいいのに」

「それでも、きっと全部は教えられないだろうから」

その言葉を聞いて、胸が張り裂けそうだった。

「おばさんの料理、俺ホント好き」

「湊くんたら……」

「母親のいない俺には、おばさんの料理が家庭の味だし。おばさんは、俺にとって母親同然だから」

「私もよ。一緒に暮らしてるときも、こんなカッコいい息子がいたらいいのにって、何度も思ったわ」

「おばさん……」

「なぁに?」

「生きて。一日でも長く」

「そうね」

「おばさんが退院したら、俺なんでも手伝うからさ」

「ありがとね、湊くん」

「今まで俺、さんざん面倒見てきてもらったから。おばさんに少しずつ返していかないと」

湊、ありがとう。

お母さんに優しくしてくれて、本当にありがとう。

涙があふれて、頬を伝って落ちていく。

「湊くん、結雨のことお願いね」

「ん……」

「結雨はしっかりしてるように見えるけど、本当は甘えんぼうなのよ」

「うん。それに泣き虫」

「私よりも、湊くんのほうがずっと、結雨のことわかってるわね」

「小さいころから……ずいぶん長い時間、アイツと一緒にいたから」

「湊くんがいてくれてよかった。湊くんのおかげで、安心して天国に行けるわ」

ふたりの会話を廊下で聞いていたあたしは涙が止まらなくて、病室に入っていく勇気がなかった。

あたしはその場から静かに立ち去る。

病院を出ると、空から雨が降りだしていた。

ここしばらく蒸し暑い日が続いていたけど、夏の終わりを静かに告げるような優しい九月の雨。

雨にうたれて、歩いていく。

少し前に、お母さんと約束をした。

『ねぇ、結雨。今日は二度と戻ってこないから』

きっと、守れない約束。

『お母さんが結雨のそばからいなくなっても、長い時間苦しんでほしくないの。悲しい思いさせてごめんね。でも泣いてばかりじゃなくて、笑うことも忘れないで？』

お母さんのために、うなずいた。

お母さんがこれ以上、不安にならないように。

お母さんを心配させないために。

だけど、今だってこんなに苦しい。

お母さんがいなくなったら、あたしは笑える日なんて来ない気がする。

お母さんと過ごせる時間は、あとどれくらい？

時間は止まらない。

今日は、二度と戻らない。

この一日、一日が、大切な時間だということもわかっている。

それでも、お母さんの前では笑っていたいから。

泣いてばかりいたら、お母さんを悲しませるだけだから。

だから、今日は会いに行けない……。

ごめんね、お母さん。

制服のポケットの中で、スマホが振動していることに気づく。

湊からの着信だった。

その場に立ち止まったあたしは、涙を拭って電話に出る。

「はい」

《結雨？　なんで電話に出ねぇんだよっ》

あたしは、泣いていたことがバレないように、無理して明るい声で話す。

「ごめん、電話気づかなかった」

《何回かけたと思ってんだよ。とっくに委員会終わってんだろ？　病院に向かってんのか？》

「……ううん」

《おまえ……今どこ？》

「今……」

ここは、どこだろう。

あたしは今、どこにいるのだろう。

「……わかんない」

《結雨？　……おまえ大丈夫か？》
「ごめん、充電切れそう」
《結雨っ⁉　結雨……っ》
スマホの電源が切れて、あたしは耳からスマホを離した。
雨に濡れながら、あたしは記憶の旅をしていたみたい。
幼いころの記憶を思いだしながら、再び雨の中を歩きだす。
あたしは、どこまで歩いてきたのだろう。
この道も見覚えがあるような、ないような。
交差点の角を曲がると、だんだん昔の記憶がよみがえってくる。
あたりを見まわしながら、ゆっくりと歩いた。
「……あった」
バス停の前にある、昔ながらの喫茶店。
あたしは歩道に立ちつくしたまま、その喫茶店を見つめていた。
あのころと、ちっとも変わっていない。
この場所に来るのは小学生のとき以来だ。
曖昧な記憶を辿りながら、なんとかここまでやってきた。
ずっと不思議に思っていたことがあった。

それは昨日、お母さんと病室でした会話の中で明かされた。

幼いころの記憶。

それは、とても幸せな記憶だった。

懐かしさと切なさで、胸がいっぱいになる。

あたしは、喫茶店の前にあるバス停のベンチに座った。

雨に打たれながら、しばらくの間ボーッと喫茶店を見つめていた。

記憶の中のお母さんは、幸せそうに笑っている。

大好きなその笑顔は、これからもずっと忘れないと思う。

だけど、記憶の中でしかお母さんに会えないなんて嫌だ。

お母さんの笑顔を、ずっとそばで見ていたい。

お母さん……死なないで……。


「結雨っ」

雨の音にまじって声が聞こえた。

雨に濡れながら、湊が向こうから走ってくる。

「湊……」

ベンチからゆっくりと立ち上がると、湊は走ってきた勢いのまま、あたしを抱きしめた。

「……見つけた」

「湊がどうしてここに？」

「おまえと何年一緒にいると思ってんだよ？」

「それ……前にあたしが言った言葉だよ？」

湊はフッと笑うと、体を離してあたしの両肩を掴んだ。

「ひとりで勝手にどっか行くな。心配すんだろ」

「……ごめんね」

ホッとしたような表情の湊を見て、心配をかけてしまったのだと反省した。

「本当にごめん」

「見つかったからいいけど」

湊は、どこにいても、あたしを見つけてくれる。

幼いころから、ずっとそうだった。

「この喫茶店が、そうなのか？」

「もしかして、お母さんに話聞いたの？」

「ああ。昨日、おばさんとその話したんだろ？」

「うん……。この喫茶店が、お父さんとお母さんの再会した場所なの」

お父さんが生きていたとき、お父さんとお母さんの結婚記念日は、毎年のように家族三人で、この喫茶店に来ていた。

その当時まだ幼かったあたしは、その理由を知らなかった。

なぜ毎年、この喫茶店なのだろう。

どうしてレストランやほかの場所ではないのだろう。

あのころは少し、不思議に思っていた。

けれど昨日、お母さんの病室で話をしていたとき、その理由を知った。

「湊は、お母さんからどこまで聞いた？」

「ここの喫茶店で、結婚記念日を毎年家族で祝ってたってことだけ」

「お父さんとお母さんってね、高校生のとき両想いだったんだって。でも当時は、お互いに想いを伝えられないまま卒業しちゃったみたいなの」

お互いの連絡先も知らずに、卒業してしまったらしい。

「それから一度も会わないまま大人になって……」

ある夏の日、突然の夕立で外は激しい雨が降っていた。

仕事帰りのお母さんはバスを降りて、この喫茶店の前で雨宿りをした。

そこに、仕事の人と会っていたお父さんが、喫茶店から偶然出てきたらしい。

ふたりは高校の卒業式から数年後に、この場所で再会した。

「この喫茶店の前で雨宿りしてるときに、ふたりはお互いの想いを伝え合ったんだって」

運命的な再会をした、お父さんとお母さん。

時が流れて、何年たっても。

心の片隅には、ずっと消えない想いがあった。

忘れられない恋。

ふたりはやっと、想いを伝え合うことができた。

離れていたふたりを、雨が、お父さんとお母さんの愛を結んでくれた。

「あたしの名前って、ちゃんと意味があったの」

お母さんにその話を聞くまで、あたしは知らなかった。

「ふたりを結んでくれたのが雨だったから、あたしの名前は『結雨』になったって」

自分の名前を、特別に思ったことはなかった。

好きでも嫌いでもなかった。

でも、今は違う。

「その話を聞いたら、雨が嫌いじゃなくなった」

あたしの名前には、お父さんとお母さんの愛がある。

お母さんは、あたしに言った。

お母さんがこの世界からいなくなったあとに雨が降ったら。

天国でお父さんとお母さんが、一緒に手を繋いでいると思ってほしい。

そばにいられて、ふたりは幸せに笑っている。

そんなふうに思ってほしいと言った。

「だから雨の中ひとりで歩いてたのか？　傘もささないで……ったく」

「……湊だって、傘ないじゃん」

「おまえ見つけんのに、それどころじゃねぇよ」

ふたりして、ずぶ濡れだった。

ごめんね、心配かけて。

傘もささずに、必死に。

あたしをさがしてくれて、ありがとう。

「おまえ……おばさんの前で泣きたくなくて病室に来なかったのか？」

あたしはうなずく。

なんで湊には、すべてわかってしまうのだろう。

だから、湊の前では弱くなってしまう。

どんなに強がろうとしても、結局ダメなんだ。

「今日だけ……。思いきり泣いたら、もう泣かないから……」

お母さんの前では、笑っていたい。

悲しい顔や泣いてる姿ばかり、お母さんに見せたくないから。

「そんなに頑張んなよ」

あたしは首を横に振る。

「頑張んなくちゃダメなの」

湊は優しい瞳であたしを見ると、ため息をついた。

「俺たちも、空と同じだろ」

「空と同じ……?」

「晴れたり、雨降ったり、曇りや雷、雪も降る……ときどき虹もかかる」

晴れの日もある。

雨の日や、曇りの日もある。

雪だって降る。

雷が鳴るときもあれば、虹がかかることもある。

空と同じでいいと、湊は言った。

笑顔のときもある。

泣きたいときもある。

切ないとき、うれしいときもある。

怒ったり、喜んだりすることもある。

あたしたちも、この空と同じように。

「おばさんの前で笑っていたいなら、せめて俺の前では無理すんな」

「湊……」

「本当は泣き虫のくせに、ひとりで頑張ろうとすんなよ」

あたしは、泣きながらうなずく。

「ひとりじゃねぇから」

湊は、あたしの手を優しく握りしめた。

「俺がいる。いつも、これからもずっと……結雨のそばにいる」

あの日の記憶が、頭をよぎる。

一〇年も前の記憶だけど、今でもハッキリと覚えている。

湊の家のベランダで。

『湊ちゃん』

まだ小さなあたしの手は、湊の小さな震える手を握りしめた。

『湊ちゃんには、結雨がついてるよ』

湊の言葉で、あの日のことを思いだした――。

すると、湊は雨空を見上げてつぶやく。

「俺も一〇年前と違って、大人になっただろ?」

湊も、あの日を……。

あたしと同じ記憶を、思いだしていた。

いつのまにか、あたしの手のほうが小さくなった。

その頼もしくて大きな手に、何度も助けられた。

「ありがと……湊」

あたしは湊の手をぎゅっと握り返して、泣きながら微笑んだ――。

エピローグ

この世界に、赤い糸で結ばれたふたりは生まれてきた。
きっと、どんなに糸を切ろうとしても離れることはない。
この運命を。
何よりも君を。
信じて、愛してる——。

部屋の窓から、涼しい風が入ってくる秋の朝。
ベッドで眠っていたあたしは、ぼんやりと目を覚ます。
あたしの隣には、気持ち良さそうに眠っている湊がいた。
布団をめくって起きようとすると、横から湊の腕があたしの体を押さえつける。
起き上がろうとして、湊の腕をそっとどかそうとする。
すると、今度は湊の片方の脚があたしの上に乗ってきて、動けなくなった。
あたしを抱き枕か何かと勘違いしているのだろうか。

もしかして、寝ているフリをして、すでに起きているのかもしれない。

だけど、湊は目を閉じたままだ。

「……ねぇ、起きてる？」

小さな声で尋ねてみる。

湊に反応はない。

「湊……？」

目を閉じている湊のまつげが、かすかに動いた。

「寝たフリでしょ？」

すると、湊はパチッと目を開ける。

「バレたか」

「寝たフリして、何するつもりだったわけ？」

「フッ……いろいろ」

「いろいろって何よ。ねぇ、あたしそろそろ起きたいんだけど」

「まだ平気だろ」

「腕と脚、どかしてくれない？」

「やだ」

ベッドに横になったまま、湊はあたしを離そうとしない。

「じゃあ、もう少しだけね」

あたしが呆れたように言うと、湊は眠そうな声で言った。

「あと一時間」

「バカなの？　普通そこは、あと五分とか、せいぜい一〇分とかでしょ？」

「おまえといたいんだよ」

ドキッとして、顔が一気に熱くなる。

「だ、だからって……遅刻したらどぉすんのよ」

「今日文化祭だろ？　ちょっとくらい遅刻しても平気だって」

「全然よくない」

あたし一応、文化祭の実行委員。

「それより、どぉして隣で寝てんのよ？」

あたしのベッドの下には、ちゃんと湊の布団が敷いてある。

「寒かったから」

「ふ〜ん、ホントに〜？」

「一緒に寝たほうが、おまえも安心すんだろ？」

「いや……いろんな意味で安心できないけどね」

「なんか言ったか？」

「おじさんとの約束、忘れたの？」

お母さんが入院している間、あたしは家にひとりぼっち。

そんなあたしを心配して、夜は湊があたしの部屋に来てくれている。

ただし、ふたりは別々に寝ること。

湊はあたしに指一本、触れてはいけない。

それが、おじさんと湊の間で交わされた約束らしい。

「結雨との約束は守るけど、親父との約束は破る」

「ふふっ、悪い子でちゅね～」

湊の瞳を見た瞬間、おでこにキスされた。

まだ眠そうな瞳で、湊はあたしを見つめる。

「朝からドキドキさせないで」

心臓の音がどんどん大きくなっていくのがわかる。

「もっとドキドキさせてやろうか？」

湊の優しくて甘いキスに、体中が熱くなってくる。

湊とキスしている時間が好き。

湊の気持ちが、たくさん伝わってくるから。

あたしも湊に愛を伝えたい。

言葉だけでは伝わらない想いも、キスで伝えたい。

「そろそろ……学校の準備しなきゃ」

「まだ逃がさねぇけど」

「でも……」

「好きだよ、結雨」

……ずるい。

そんなこと言われたら、離れられなくなる。

「あたしも……好き」

「俺のほうが好きだけどな」

「あたしのほうが好きだもんっ」

「結雨」

「ん？」

「世界でいちばん、愛してる」

少し恥ずかしそうな顔をした湊を見て、あたしも微笑む。

「もう一回、言って？」

湊はあたしの頭を優しく撫でた。

「一生、俺のそばから離れんな」

うなずいたあたしは、今度は自分からキスをした――。

湊に愛されているとわかっていても、いろんなことがあるたびに、不安になった。

だけど、湊を信じてる。

忘れてはいけない。

大切なものを見失ってはいけない。

自分の気持ち。

相手を想う気持ち。

ふたりが同じ気持ちなら、きっとこの先、どんなことも乗り越えていける。

ベッドの上で何度もキスをしていると、家の玄関のドアが開いた音がした。

――ガチャ。

「……っ」

驚いてキスをやめたあたしたちは、お互いに見つめ合う。

カギを開けて入ってきたのは、湊のお父さんだろう。

「こんなとこ見られたら……」

「やべぇな」

あたしは、湊の体を両手で押し退けて、飛び起きた。

「服っ、服どこっ」

あたしが慌ててベッドの上にあったパーカーを着ようとすると、湊が冷たい声でつぶやく。

「それ俺の服」

あたしはパーカーを湊に投げつけた。

「間違えたのっ」

廊下を歩く足音が聞こえてくる。

そのとき、コンコンと部屋をノックする音が聞こえた。

「結雨ちゃん、湊、起きてるか？」

「あ、はい」

あたしが返事をすると、部屋のドアがゆっくりと開いた。

部屋の前に立ったまま、スーツ姿のおじさんはこっちをジッと見つめる。

「……ふたりとも何してるんだ？」

「見てわかんだろ？　親父」

「ヨ、ヨガっ！　朝から健康的でしょ？　おじさんもどう？」

湊とあたしは、床の上に並んで立ち、ヨガのポーズをしていた。

本当はヨガなんてしたことがない。

たまたま床の上にあった雑誌のページが開いていて、それがヨガの特集だった。

おじさんが来たことに動揺したあたしたちは、とっさにそれをマネした。

「朝から会議なんだ。もう仕事に行くよ。病室には夜行くから」

「あたしたちは、学校行く前にお母さんのところ寄っていくね。だよね？　湊」

「お、おぉ」

湊がヨガのポーズをしているなんて、なんだか笑える。

「わかった。ちゃんと朝ご飯食べてから行くんだぞ。じゃ」

おじさんが部屋のドアを閉めた瞬間、湊とあたしは大きく息を吐きだした。

「あぶなかったぁ」

「ヨガとか、ぜってぇおかしいだろ」

「つい動揺して……。てか早く準備して？　お母さんのとこに行く時間なくなっちゃう」

「わかったよ。俺の靴下どこ？」

「知らないし。自分でさがしてよ」

「冷たくね？」

「どうせ家でしょ？　家に戻って制服に着替えたら、キッチン来てね」

湊の頬に軽くキスをして、あたしは先に部屋を出ていく。

学校に行く前に、湊とあたしはお母さんのいる病室に寄った。

「おはよう、お母さん」

お母さんはあたしたちを見て、ニコッと微笑む。

今日は、昨日よりも顔色がいい気がする。

「おはよう、結雨。湊くんも来てくれたのね」

「うん。おばさんに卵焼き作ってきた」

「本当に？」

「結雨と俺の卵焼き、どっちがうまいか、あとで食べ比べてみて」

「ふふっ、わかったわ。ありがとう」

「お母さん、フルーツもあるよ？　食べたくなったら食べてね」

「うれしいわ。ありがとね」

穏やかに笑うお母さんを見て、少しホッとした。

病室に来る前はいつも、お母さんが苦しんでいたらどうしようかと心配になるから。

「今日も朝からいいお天気ね」

ベッドの上に座っているお母さんは、窓の外の空を見上げる。

晴れ渡った空の青色がキレイ。

「お母さんね、三日後に退院することになったわ」

「本当っ!?」

あたしはお母さんの手を、両手で握りしめる。

「本当よ」

微笑むお母さんに、あたしはぎゅっと抱きついた。

「うれしいよぉ……お母さん……」

お母さんが家に帰ってくる。

また一緒にいられる。

お母さんに、あとどれくらいの時間があるのかわからない。

また、いつ入院してしまうかもわからない。

それでも、残された時間を大切に過ごしたい。

たくさん話をして、たくさん笑って。

幸せで、穏やかな時間を。

お母さんのそばで一日でも多く過ごしたい。


高校生活最後の文化祭。

今年も、うちの学校の生徒だけでなく、他校の生徒もたくさん遊びに来ていた。

大盛況だった文化祭も終わりの時間に近づくころ、あたしはひとりで校舎の階段に座り、ジュースを飲みながら休憩していた。

「ここにいたのかよ」

振り返ると、階段の上に湊が立っていた。

湊はあたしの隣に座ると、あたしが飲んでいたジュースを取り上げて飲む。

「ちょっと、全部飲まないでよ？」

湊は、ジュースを一気に飲み干すと、空のペットボトルをあたしに渡した。

「ホント、いじわるなんだから」

あたしは呆れて、ペットボトルを自分の足元に置く。

「そういえば……今年はねぇよな？」

「なんのこと？」

「あの意味不明な……」

「ああ、あれね。委員会でもそんな話は一度も出なかったし、今年はないよ」

「ホッとした。一年の文化祭のこと思いだすだけで、鳥肌たつもんな」

「あれ？　二年の文化祭は……あの時間て、あたしたち何してたっけ？」

「フッ……忘れたのか？　言ってやろうか？」

ニヤッとした湊を見て、すぐに思いだした。

校舎で、湊と隠れてふたりきりでいたんだ。

「思いだしたか？　おまえ、顔赤くなってるけど」

「か、からかわないでよっ！　もう行くっ」

立ち上がろうとすると、湊はあたしの手をぎゅっと掴んだ。

「行くな」

「何よ？」

「今朝の続きしよーぜ？」

「ちょっと！　ここ学校だからっ」

「今さらなに言ってんだよ」

「ダメだってば……」

そのとき、人の気配を感じて階段の上を見る。

琥都と奈乃がニヤニヤしながら、上からあたしたちを見ていた。

「ふ、ふたりとも、いつからいたの？」

恥ずかしいところを見られてしまった。

琥都と奈乃は、階段を下りてくる。

「ごめんな、ラブラブなところ邪魔しちゃって。さっ、湊行くぞ」

そう言って琥都は、湊の腕を掴んで立ち上がらせると、いきなり湊の両手をうしろにして、紐《ひも》で結びはじめた。

「なっ、なにすんだよ、琥都っ」

「おとなしくしろよ。はい、湊は確保」

「確保だと？　離せっ」

あたしがキョトンとしていると、奈乃があたしの手を掴む。

「ごめんね、結雨ちゃん。ついてきて？」

「ねぇ、奈乃……これってもしかして……」

あたしは奈乃に手を引っ張られて、校舎の廊下を歩いていく。

両手をうしろで縛られた湊は、琥都に無理やり歩かされていた。

「おまえらなんなんだよ？　ふざけんな」

「いいから、おとなしく歩けよ、湊」

一度あることは、二度ある。

二度あることは、三度ある。

あたしたちは、完全に油断していた。

嫌な予感は的中した。

あたしたちが連れていかれた場所は、体育館。

悪夢がよみがえる。

体育館の中には、すでに大勢の生徒が集まっていた。

そして、壇上でマイクを持っているのは、まさかの快だった。

「おっ！　来た来た。来ましたよ～みなさん！　校内一カップルの登場で～す」

大勢の生徒が、一斉に盛り上がりはじめる。

この光景、一年のときの文化祭と同じだ。

心が折れそうだった。

しかも、今年のイベントの司会は、どうやら快らしい。

快だけでなく、文化祭の実行委員だった琥都と奈乃にも、このことをヒミツにされていた。

壇上に向かって歩かされている途中、あたしは奈乃に尋ねる。

「ねぇ、どういうこと？　委員会では、このこと何も話してなかったよね？」

「ごめんね、結雨ちゃん。じつはね……」

奈乃に聞いたところ、今年の校内ランキングは、これまでとは違うものらしい。

壇上の上にある横断幕には、【祝！　校内一カップル】と書かれている。

一年から三年まで、各学年から三組ずつ計九組のカップルが候補に上がり、全校生徒による投票、その後に集計が行われたという。

九組のカップルにこの件は知らされず、投票にも参加できないという仕組みだった。

湊とあたしもカップル候補として名前があがっていたため、ヒミツにされていたらしい。

このイベントの件は委員会ではなく、あたしのいないところで密かに話し合いが行われていたという。

琥都と奈乃によって、あたしたちは無理やり壇上に連れてこられた。

「あとで覚えてろよ？」

湊は、縛られていた手が自由になると、琥都の肩をグーで殴った。

「はいはい、あとでな」

琥都と奈乃は、ニヤニヤしながら壇上から下りていってしまう。

「あ、ちょっと、ふたりともっ」

壇上の真ん中に立たされた湊とあたしは、顔を見合わせる。

「おまえ、今年はないって言ったじゃねーか」

「あたしだって、ヒミツにされてたんだから仕方ないでしょ？」

司会の快は満面の笑みで、あたしたちのほうに歩いてきた。

「ねぇ、快のその格好なに？　完全にヤバい人じゃん」

頭にネコ耳つけて、黒いマントをつけて、胸元がはだけている。

「ヤバい人って言うなっ！　一応ドラキュラ！　もうすぐハロウィンってことで」

「ドラキュラ？　その耳なんだよ？」

「この耳は、くぼっちが勝手につけたんだよ」

快は、マイクで生徒たちを盛り上げはじめる。

「北十字高校、イエーイ！　文化祭盛り上がってるかーい？　イエーイ」

隣にいる湊は、ノリノリの快をずっと睨みつけていた。

「今年のアンケート、【校内一のカップルは、どのカップル？　よければ理由も書いて】ってことで少し読み上げていきますね～」

快はあたしたちのほうを向いて、ニッコリと笑った。

「まずは、【美男美女だから】ありがとうございます～」

「なんで快がお礼言うのよ」

「え？　結雨なんか言った？」

あたしは黙って首を横に振る。

「それから、えーっと、【ラブラブで仲良し！　校内でも、しょっちゅうイチャついてる】だそうです」

恥ずかしすぎて、あたしは下を向く。

「あとは、【幼なじみカップルっていうのも憧れる】とか、【誰が見てもお似合い】とか、あとこんなのも書いてありますね、【ふたりとも愛が重そう】だって」

「最後のやつ、快が書いたよね？」

「結雨、なんか言いました？」

快がこっちを向き、あたしは笑顔で首を横に振る。

「まぁね、とにかく見事、校内一カップルに選ばれた三年三組の朝霧湊と一色結雨に、みなさん拍手をお願いしまーすっ」

大きな拍手と、指笛が響き渡り、大盛り上がりの生徒たち。

こんな恥ずかしい思い、二度としたくなかったのに。

またしばらく立ち直れなさそうな気がする。

「ではここで、湊と結雨からお互いに向けて、愛の言葉を叫んでもらいましょうかね」

「ちょっと待ってよっ」

「ふざけんな」

「どっちから叫ぶ？　湊ちゃんからいこーか。やっぱ男からね、ビシッと決めちゃって」

ノリノリの快は、マイクを湊の口元に近づけた。

「覚えてろよ、快」

「え？　なんか言いました？　湊ちゃん、早くっ」

湊はギロッと快を睨んだあと、マイクに向かってボソッとつぶやく。

「俺ら……言葉よりも態度だから」

湊は、あたしの腕を掴んでグイッと引き寄せると、ぎゅっとあたしを抱きしめた。

「ちょっ……待って、湊」

あたしの頭のうしろを掴んだまま、湊はあたしの耳元で囁く。

「少し早ぇけど、予行演習な」

予行演習？

体を離した湊は、あたしの顎を指でクイッと持ち上げる。

湊の顔が近づいてきて驚いたあたしは、大きく目を開く。

そのまま湊は、あたしにキスをした――。

生徒たちの騒ぐ声や悲鳴が体育館に響き渡るなか、湊の背中に手をまわしたあたしは、キスをしたまま目をゆっくり閉じる。

『予行演習』

キスをされた瞬間、その意味がわかった。

高校を卒業したら、あたしたちは結婚式をあげることになっている。

湊にプロポーズをされたのは、あの日だった。

あたしが、お母さんの病気のことを含め、すべてを知ったあの日。

うちの玄関の前で、あたしが湊の腕の中で泣いていたとき――。

『これから話すこと、今はまだ俺たちだけのヒミツにして』

『ヒミツ？　何……？』

あのとき、湊は言ってくれた。

『高校卒業したら、俺たち結婚しよ』

その言葉に驚いたけど、湊にはちゃんと考えがあった。

高校三年生になった春、親たちが突然、再婚すると言った。

そうしたい本当の理由を知ったのは、ずいぶんあとのことだった。

湊のお父さんは、家族として病気のお母さんと、あたしのことも支えていきたいと言ってくれた。

お母さんは、自分がいなくなったあと、あたしがひとりぼっちになることを心配して、あたしに家族を作ろうとしていた。

湊のお父さんは、湊とあたしが付き合っていることを知ったあと、湊に別れろと言ったらしい。

あたしたちはまだ子どもだから。

高校生だから。

そんな理由で、あたしたちの愛を信じてもらえなかった。

今は真剣でも、いつかあたしたちが心変わりをしたり、別れてしまうこともあると、湊のお父さんは考えていたらしい。

だから湊は、高校を卒業したら、あたしと結婚すると言ってくれた。

夫婦になって、家族になると言ってくれた。

そうすれば、親が再婚しなくても、あたしたち四人は家族という形になる。

お母さんのことも、少しは安心させてあげられる。

最初はもちろん、反対されていた。

だけど湊がお母さんたちを説得してくれて、あたしたちは高校卒業後に結婚することになった。

みんなの前でキスするときに言った『予行演習』は、きっと、結婚式のことを考えて言ったのだと思う。

結婚のことは、みんなにはまだヒミツにしていた。

もちろん結婚式には、みんなのことを呼ぶつもりでいる。

何より、お母さんがあきらめていたこと……。

ウェディングドレスを着たあたしの花嫁姿を、お母さんに見せることができるなんてうれしい。

ひとつ、そしてまたひとつ、夢を叶えることができるのも、湊のおかげだった。

「……っ」

ふたつの唇がゆっくりと離れて、あたしたちは見つめ合う。

体育館にいる生徒たちは大騒ぎ。

音楽までかかりはじめて、司会の快が歌いだした。

「湊……。あたし、明日から学校に来るの恥ずかしい」

「俺も」

湊はあたしのおでこに軽くキスをしたあと、あたしの手をぎゅっと握りしめた。

もしも、この世界に赤い糸があるなら、あたしは湊と繋がっていた。

だから、何があっても離れない。

これからも、ずっとずっと愛してる——。


文化祭のあと、星が瞬く夜空の下、あたしたち五人は学校の屋上にいた。

快がこっそり学校に持ってきていた花火を、みんなでやりはじめる。

「あー！　湊ちゃんの持ってる絵型の花火、俺がやるやつだから〜。それ一コしか入ってないから〜」

「うっせぇな。決まってんのかよ？　名前でも書いとけよ」

いじわるな湊は、快を無視して、絵型の花火に火をつけた。

「快は、これでいいじゃんか」

そう言って琥都は、笑いながら快に線香花火を渡す。

「せめてさぁ、ススキ花火ちょーだいよ。線香花火は最後でしょーよ」

奈乃とあたしは両手にススキ花火を持って、くるくるとまわす。

季節はずれの花火でも、なんだかすごく楽しくて。

みんなでふざけて、大声で笑って。

こんな時間がいつまでも続けばいいと、そう願わずにはいられなかった。

「なんか、青春って感じだね……」

奈乃がつぶやいたと同時に、バンッと勢いよく屋上のドアが開いた。

みんな一斉に、ドアのほうを見る。

「こらー！　そうゆうことなのかーい！　なにやってんだー！」

担任のくぼっちに、見つかってしまった。

すぐにあたしたちは、水の入ったバケツの中に、持っていた花火を放り込む。

「なんもしてませーん」

快が大声で言うと、あたしたち四人も何事もなかったような顔でくぼっちを見る。

あたしたちの前に立ったくぼっちは、呆れたようにため息をついた。

「よく言えるよな。見たぞ、花火。証拠もバッチリそこに残ってるし」

くぼっちは、バケツを指さした。

「くぼっちが見たのって幻じゃない？　俺ら文化祭の片づけしてただけだし」

快は、そのまま苦しい言い訳を続ける。

「屋上で花火なんか……どこのどいつだよなぁ？　誰かがやった花火のゴミを片付けてたの、俺らは」

「嘘までつくとは……おまえらここで反省会だっ！」

「え？　今？」

「当たり前だろ……ったく。ほら、五人並んで正座しろ」

肩を落としたあたしたちは、うなだれてその場に座った。

くぼっちによる反省会が終わると、なぜか屋上の柵の前で、快とくぼっちが肩を組みながら、ノリノリで校歌を歌いはじめた。

そばにいた琥都と奈乃もすぐに巻き込まれて、四人で遠くを見つめながら校歌を大声で歌っている。

「ラララ～ラララ～」

途中から歌詞がわからなくなったのか、四人がラララで歌いだしたことに、あたしはつい笑ってしまう。

そんな四人のうしろ姿を見つめながら、あたしは屋上の隅で脚を伸ばして座っていた。

湊は、あたしの膝の上に頭を乗せて寝転がっている。

涼しい夜風で揺れる湊の髪に、指でそっと触れた。

目を閉じたままの湊を見て、あたしは微笑む。

あたしは制服のポケットから、スマホを取りだした。

《いつかは、終わりがくる。

あたしたちは、戻らない時間を生きている。

何気ない毎日を、今日を。

ほんの少しでも〝特別なもの〟にする。

それが……生きるってことなのかもしれない——》

四人の歌声を聴きながら、あたしはスマホの画面を見つめる。

《大好きな仲間たち、大切な家族、先生……。

そして、愛する人と、忘れられない思い出を作っていきたい。

楽しい思い出。

幸せな思い出。

思い出は、心の宝物。

つらいとき、苦しいとき……その宝物たちがきっと、自分を支えてくれるはずだから――》

「結雨、またケータイ小説読んでんのか？」

「あれ？　湊、起きてたの？」

「あんな音痴な校歌を聴かされながら、寝られるかよ」

「ふふっ」

湊は寝転がったまま大きなあくびをすると、あたしのスマホを取り上げた。

「やっぱりケータイ小説か……え？　おまえ、読むんじゃなくて自分で書いてんのか？」

「びっくりした？　みんなには、ヒミツね？」

「これが結雨のペンネーム？」

「うん。自分の名前を並び替えただけ」

「一色結雨……い、し、き、ゆ、う……ホントだ」

「でも、本名を並び変えただけになっちゃうから、一カ所は○《まる》にしたけどね」

自分の名前をひらがなにして、文字を並び替えた。

あたしは、【し○いゆき】というペンネームでケータイ小説を書いている。

「もういいでしょ？　返してっ」

あたしは湊からスマホを取り上げる。

「待てよ。小説のタイトルは？」

「それはヒミツ～」

「教えろよ」

「やだよーだっ」

「じゃあ、俺のヒミツも教えねぇ」

「湊のヒミツっ⁉　何それっ。言いなさいよっ」

「やだね」

憎たらしい顔で、湊は舌をベッと出した。

「教えてよっ！　気になるじゃんっ」

「おまえだって言わないくせに」

「ひとつくらいヒミツがあったほうが、ドキドキするでしょ？」

「アホか」

あたしはニコッと笑う。

「結婚したら教えてあげるっ」

「んじゃ、俺も」

「えー？　今教えてよ」

湊は舌をベーッと出した。

「憎たらしい顔して……もぉ」

「ヒミツが気になって、今夜は眠れそうにねぇだろ？」

「どんだけ悪魔なの？」

「仕方ねぇな。今夜も一緒に寝てやるよ」

「なっ……」

今夜も、ドキドキして眠れそうにない。

湊のヒミツって、なんだろう？

あたしのヒミツ。

今はまだ、あたしだけのヒミツにしておこう。

あたしが書いている小説のタイトルは……。【恋する僕らのひみつ。】

END

あとがき

こんにちは、白いゆきです。

この物語は、どんな過去があっても、つらい悩みを抱えていても、今、愛する人たちと生きていることを大切に思える、最後は笑顔で終われるような物語にしたいと思い、書き終えました。

湊と結雨の恋、琥都、奈乃、快たちとの青春の時間を見守っていただき、ありがとうございました。

物語の中で、結雨たちが花火をするシーンがありましたが、青春は花火のようなものだと、私は感じています。

学生時代を思い返すと、一日がとても長く感じ、悩みも多く、楽しかったことよりもつらいことのほうがずっと多かったと思います。

それでも大人になると、あのころは長い人生の中でほんの一瞬で、どこか切なさを感じながらも輝いて見えるので、本当に不思議です。まるで花火を見ているときのような、パッと咲く一瞬の輝き、散ったあと静かになって感じる切なさに似ている気がします。

あのころには二度と戻ることができません。

どんなにつらい日でも、どんなに幸せな日でも、今日は二度と戻ってきません。いつか思い出になる今日を、無駄にしてほしくないです。心に傷を受けた方も、つらい過去がある方も、現在苦しんでいる方も、この経験を無駄にしたくない、すべて無駄ではなかったと、いつかそう思える日がくることを願っています。

どうか、二度とない今日を大切に過ごしてください。


タイトルにも〝ひみつ〟という言葉が入っているので、物語の中で明かさなかったヒミツを最後に書きたいと思います。

まずは、湊のヒミツ。

湊と結雨のファーストキスは、想いが通じ合った高校二年生のときではなく、じつは小学生のときでした。結雨の父が亡くなったあと、湊と結雨が一緒に寝ていた日の朝、寝ぼけていた湊は眠っている結雨にキスをしてしまいます。湊が自分の気持ちに気づくのはずっとあとですが、小学生のころからすでに結雨を意識していたための行動だと思われます。湊がこのヒミツを結雨に話すのは、結婚後になります。

次は、琥都のヒミツです。

琥都は中学時代、他校の生徒とケンカばかりしている不良でしたが、奈乃と付き合ったことで真面目になりました。琥都のメガネは、じつは伊達メガネで度無しのレンズであり、琥都の過去を知る人間に気づかれないための変装のひとつでもあります。

次に、結雨たちの通う北十字高校は、『逢いたい夜は、涙星に君を想うから。』という作品と、同じ高校が舞台でした。その作品は、結雨たちの担任くぼっち（久保寺先生）の高校時代も描かれているので、もし機会があれば読んでみてください。

そして、この物語のその後。

奈乃は、母親と同じ看護師を目指します。湊と結雨は結婚後、六〇一号室に住みます。そして、月に一度は五人で集まり、高校のときと変わらない友情が続いています。

最後に、この物語の素敵なカバーと登場人物のイラストを描いてくださった中野まや花様、書籍化に携わってくださった皆様、この本をお手にとってくださった読者様、本当にありがとうございました。

今日も、素敵な思い出の一ページになりますように。

二〇一八年二月二五日　白いゆき

この物語はフィクションです。実在の人物、団体等とは一切関係がありません。

白いゆき先生への
ファンレター宛先

〒104-0031 東京都中央区京橋1-3-1 八重洲口大栄ビル7F
スターツ出版（株） 書籍編集部気付 白いゆき先生

恋する僕らのひみつ。

2018年2月25日 初版第1刷発行

著　者　白いゆき ©Shiroiyuki 2018

発行人　松島滋
イラスト　中野まや花
デザイン　齋藤知恵子
DTP　朝日メディアインターナショナル株式会社
編集　相川有希子
酒井久美子
発行所　スターツ出版株式会社
〒104-0031
東京都中央区京橋1-3-1 八重洲口大栄ビル7F
TEL 販売部03-6202-0386（ご注文等に関するお問い合わせ）
http://starts-pub.jp/

印刷所　共同印刷株式会社
Printed in Japan

ISBN 978-4-8137-0407-2 C0193